brim
bori um

Stefanie Menschner ist gebürtige Südthüringerin und hat nach dem Abitur ein Masterstudium in Kunst- und Kulturgeschichte an der Friedrich-Schiller-Universität in Jena absolviert. Als Improvisationstheaterschauspielerin und Poetry Slammerin hat sie sich 2017 selbstständig gemacht, ist aber mittlerweile hauptberuflich als Texterin tätig.

Trotz dessen ist sie häufig auf Bühnen in ganz Deutschland, besonders aber in Thüringen und Sachsen unterwegs.

stets bemüht

Stefanie Menschner

BRIMBORIUM VERLAG

**Ausführliche Informationen über unsere
Autor:innen finden Sie auf**

www.brimborium-verlag.de

1. Auflage 2022
© 2022 Brimborium Verlag Leipzig
Alle Rechte vorbehalten.

Covergestaltung: Lema Nabu, Leipzig

ISBN 978-3-949615-03-0

stets bemüht

Stefanie Menschner

»Ein Baum wird nach seinen Früchten bewertet. Der Mensch nach seiner Arbeit.«

- Frank H. am 11.3.1997 in meinem Poesiealbum

Dieses Buch ist für meine Mama und meinen Papa, aber vor allem wegen Rosi.

Inhalt

Ressource Mensch 17
Das ist aber nicht normal 25
Beste Fünfer-WG sucht 33
Wenn ich ein Poetry Slammer wäre 43
Bewerbungen 51
Die Stadt mit zwei Namen 61
Kirchensteuer 67
Die Radkette des Lebens 75
Es ist ein weites Feld 83
Trish & Greg 91
Es wird Zeit 99
Alles top, immer wieder gerne,
vier von fünf Sternen 107
Entlang der B Sechsundneunzig 115
Wenn Träume wahr werden 123
BOOM 131
Der mit dem Elch 139

Vorwort

Menschen müssen funktionieren. Immer. Wer nicht funktioniert, wird aussortiert. Wer nicht funktioniert, ist nichts mehr wert, bringt keinen Mehrwert. Menschen sind eine Ressource, die es auszubeuten gilt.

Man erzählt uns seit Kindertagen, dass wir uns anstrengen müssen. Dass wir einhundertzehn Prozent geben müssen, um überhaupt wahrgenommen zu werden. Wir sind ein Teil der Gesellschaft und dafür verantwortlich, mit unserem Beitrag diese Gesellschaft am Laufen zu halten.

Wir gehen in die Schule und lernen kaum Praktisches. Wir machen Praktika und lernen kaum Brauchbares. Wir machen unseren Job, auf den wir kaum vorbereitet wurden. Falls wir überhaupt einen Job bekommen und nicht als funktionsunfähige Mangelware in die Ecke gestellt werden. Die Gründe für letzteres sind vielfältig und reichen von Vorurteilen, Misogynie oder der Behauptung einer bestehenden Überqualifikation hin zu purer Abneigung der Haarfarbe blond gegenüber.

Diese Missstände hinnehmend oder gar ignorierend, wird gleichzeitig eine Träumefolgerei erwartet. Wir sollen tun, was uns ausfüllt, was uns Spaß macht und uns inspirieren lassen. Dabei allerdings möglichst individuell und doch in Gruppen handeln.

Wir müssen einen Balanceakt zwischen Job und Freizeitgestaltung bewältigen, in dem wir niemals ins Wackeln geraten dürfen. Denn wir müssen uns bei allem, was wir tun, wohlfühlen und es genießen. Selbst wenn es weh tut. Doch dann haben wir schließlich mehr davon. Denn durch Schmerz wissen wir erst zu schätzen, was uns wirklich Spaß machen soll.

In diesem Buch werden einige Bruchstücke der täglichen Broterwerbung und des Besser-sein-müssens erzählt und mit der einen Liebe durchwoben, die uns alle eint: dem Bewerten von anderen. Und natürlich habe ich alles mit meiner eigenen Wertung darüber versetzt. Schließlich habe ich es mir durch meine eigene stetige Bemühtheit redlich verdient, diesen an mir angelegten Maßstab auch bei anderen anzuwenden.

Wenn ich könnte, würde ich null Sterne geben!

Rezensieren für Fortgeschrittene

#Folge 1 - Discokugel

»nicht gut — Ich gut«

Ganz genau Sebastian! Nichts kann dich stoppen, wenn du Selbstbewusstsein hast. Shine on!

Ressource Mensch

»Ui, die Ernte geht wieder los!«

»Aber es ist doch Winter. Ist es nicht viel zu kalt für die Ernte?«

»Du bist noch nicht lange dabei, stimmt's? Der Winter ist die beste Zeit zum Ernten. Das neue Jahr hat begonnen, die haben sich gute Vorsätze in den Kopf gestellt und sind immer noch sauer, dass das Weihnachtsgeld wieder nur ein Zehn-Euro-Gutschein für real gewesen ist.«

»Aber real gibt's doch nicht mehr, oder?«

»Eben!«

»Oh, verstehe.«

»Deswegen sind die alle heiß auf Veränderung, auf ein Upgrade, auf mehr Status, auf Anerkennung, auf…«

»Aber kriegen sie das denn auch?«

»Natürlich nicht. Wir beuten die aus, wo es nur geht. Wir gaukeln denen aber genau das vor. Kaffee umsonst, Obst und Gemüse für umme und sogar ab und an Joghurt. Aber nur den fünfzehn Gramm Becher.«

»Das ist doch mittlerweile Usus, oder nicht? Gibt's das nicht bei allen?«

»Na sicher. Darin liegt doch aber auch der Charme des Ganzen. Sie bekommen überall das Gleiche. Sie bekommen das absolute Mindestmaß an Durchschnitt. Aber eben noch einen Kicker für das Zu-Hause-Gefühl. Das reicht diesen Beständen. Unsere Aufgabe ist es einfach, denen das schmackhaft zu verkaufen.«

»Aber belügen wir die Bestände dann nicht?«

»Nein. Wir verdrehen nur die Realität und sie sind dumm genug, um da mitzumachen.«

»Aber....«

»Nein. Wir zeigen eigentlich ganz unverhohlen die Realität und sie sind verzweifelt genug, um da mitzumachen.«

»Das fliegt doch aber irgendwann auf.«

»Das ist schon längst aufgeflogen. Aber wenn sie ihr Zuhause behalten wollen, müssen sie eben mitspielen. Uhhh, da kommt auch schon der Erste. Sieh zu und staune.«

»Guten Morgen. Ich bin Herr Bauer. Wir hatten telefoniert.«

»Sehr schön. Wir duzen uns hier.«

»Ah, sehr schön. In meiner alten Firma haben wir uns auch geduzt. Aber ich dachte, hier läuft es vielleicht etwas anders. Also ich bin der Martin.«

»Hallo Martin, sehr schön. Setz dich doch. Willst du Kaffee oder ein Wasser?«

»Ich nehme gerne einen Kaffee, danke.«

»Kommt ganz frisch aus unserer Kaffeemaschine. Wenn du hier anfangen solltest, gibt es quasi eine Koffein-Flatrate.«

»Ah ja. Wie überall sonst auch, nicht wahr.«

»Ne, unserer ist besser.«

»Ok.«

»Jetzt erzähl doch mal ein bisschen über dich. Über deinen Werdegang. Obwohl uns ehrlich gesagt eher interessiert, wer du als Mensch bist, deine Substanz. Was macht dich aus, welche Vorräte an Fähigkeiten hast du so? Welche beständigen Hobbys? Hast du einen Fundus an Sprachen, die du sprichst? Reist du gerne und wächst an neuen kulturellen Herausforderungen? Was kann der Bauer Martin?«

»Uff. Also ich lese sehr gerne und bilde mich einfach so sehr gerne weiter. Ich war der beste meines Jahrgangs damals und habe mittlerweile solide siebzehn Jahre Berufserfahrung. Ich habe einen Tauchschein auf den Malediven gemacht. Das brauche ich einfach als Ausgleich. Da habe ich auch fließend Dhivehi gelernt. Aber wenn man Persisch und Isländisch kann, ist Dhivehi gar nicht mehr so schwer. Gehört ja alles zum Indogermanischen.«

»Hmmm, aber gehst du auch einfach gerne mal spazieren oder so? Oder sitzt du jetzt nur vor deinem PC und lernst Sprachen?«

»Ne ne. Ich gehe super gerne spazieren. Ich bin letztes Jahr den New York Marathon gelaufen und...«

»Ich wollte wissen, ob du spazieren gehst, nicht ob du einen Marathon läufst.«

»Ja. Ich gehe auch spazieren. Mit meiner Hündin Mila.«

»Oh du hast einen Hund? Süüüß. Einen Mops, eine französische Bulldogge, eine...«

»Nein. Mila ist ein Mischling, nicht so eine hochgezüchtete kranke Rasse. Als ich in Rumänien war, habe ich sie gerettet. Ihre Schwester starb leider in meinen Armen nachdem sie von einem betrunkenen Mopedfahrer erwischt wurde. Mila hat so gelitten und da konnte ich sie dort nicht alleine lassen.«

»Kollidieren die Pflichten für einen Hund nicht aber mit deinen Arbeitszeiten? So ein Tier braucht ja viel Zuwendung. Funktionierst du da denn noch uneingeschränkt? Ich meine, schaffst du das alles?«

»Klar. Ich bin Teil eines Programms, das sich der Arbeit mit traumatisierten Jugendlichen verschrieben hat. Dort bin ich sozusagen ein großer Bruder und teile mir die Mila-Pflichten mit Karla. Sie hatte eine sehr schwere Kindheit und nichts kam an ihre harte Schale ran. Nur ich und Mila. Und wenn ich arbeite, kümmert sie sich um Mila.«

»Ui, toll. Aber du bist ja hier, um zu arbeiten. Deshalb wäre es schon schön, wenn du wenigstens kurz auf deine beruflichen Qualifikationen eingehen würdest.«

»Natürlich. Wie gesagt, ich war Jahrgangsbester…«

»Bla, bla, bla. Das sind alle. Aber was unterscheidet dich denn von den anderen Bauern?«

»Mein Ehrgeiz. Ich bin definitiv ehrgeizig und erledige mir übertragene Aufgaben mit einer einhundertzwanzig prozentigen Akribie.«

»Na gut, dann wäre nur noch zu klären, warum du nun gerade bei uns arbeiten willst.«

»Ihr habt mich doch angerufen. Ihr wolltet doch, dass ich zum Gespräch komme. Ich habe mir heute frei genommen, um hier zu sein. Also wäre ja die eigentliche Frage, was genau ihr mir bieten könnt.«

»Großartigen Kaffee for free. Hier gibt´s jeden Tag frisches Obst, Gemüse und zwanzig Gramm Joghurt…«

»Aber das gibt es bei meinem jetzigen…«

»Und ZWEI Kicker!«

»Wann kann ich anfangen?«

»Wir melden uns!«

»Und wie geht es jetzt weiter? Wann stellen wir ihn ein?«
»Na gar nicht!«

»Warum das denn? Der hat doch alles, was wir wollen und brauchen. Der ist intelligent, spricht zig Sprachen, ist sozial engagiert, tierlieb, war der beste seines Jahrgangs und...«

»Eben!«

»Ahhh, ich verstehe. Überqualifiziert!«

»Quatsch. Der passt einfach nicht zu unserer Unternehmensmentalität.«

»Oh.«

»Weißt du eigentlich schon, was du mit deinem dreißig Euro Video-Buster-Gutschein von Weihnachten machst?«

Wenn ich könnte, würde ich null Sterne geben!

Rezensieren für Fortgeschrittene

#Folge 2 - »Der Vorleser« von Bernhard Schlink

Drecks buch

»Das Buch handelt von einem 15 jährigen der eine 36 fickt. Das geht so auf keinen fall«

Odin-Jérome hat vollkommen recht. Das geht tatsächlich auf keinen Fall.

Das ist aber nicht normal

»Was ist nicht normal?«

»Da sind unglaublich viele Haare auf dem Kind.«

»Ja stimmt. Das ist mir auch schon aufgefallen, Schwester.«

»Das sieht ja aus wie eine Kreuzung zwischen Äffchen und Werwolf. Und dann so tiefschwarz. Die Eltern sind ja beide blond. Und eigentlich auch gar nicht so hässlich.«

»Stimmt. Jetzt, wo Sie es erwähnen. Und dann ist es auch noch ein Mädchen. Und dann so behaart. So tiefschwarz behaart. Das ist nicht normal. Aber wo kommen denn nur diese tiefschwarzen Haare her. Das ist ja wie bei den Türken.«

»Da hat die Mutter bestimmt mal mit dem Briefboten geschnackselt.«

»Da, wo die wohnen, gibt es nur eine Briefbotin. Das weiß ich, weil meine Freundin aus dem Gartenverein da auch eine Wohnung hat. Und die Briefbotin ist auch blond.«

»Ach, eine Briefbotin?! Das gibt es ja nicht. Was Frauen heute alles für Berufe ausüben. Das ist ja nicht mehr normal.«

»Da haben Sie Recht, Schwester Marianne. Alle nur noch auf die Karriere fixiert. Wir leben schon in verrückten Zeiten. Stellen Sie sich mal vor, unseren Beruf würden Männer ausüben.«

»Nein, nein. Männer auf einer Geburtsstation. Das wäre ja schrecklich unnormal. Die sollen mal lieber Briefe austragen....oh schauen Sie mal, Schwester Gerda. So ein süßes blondes Mädchen. Und eine ganz normale Anzahl an Haaren.«

Normal sein. Einfach normal sein. Normgröße haben. Normaugen haben. Normhände haben. Normhaare haben. Normknochenbau. Normhaut. Normhintern. Normbrüste.

Der Norm entsprechen, ist etwas Gutes. Jedenfalls lernen wir das so. Wer nicht aus der Norm fällt, fällt nicht auf. Nicht positiv, aber eben auch nicht negativ. Aber Menschen, die aus der Norm fallen, wollen dazugehören. In der großen Masse untergehen.

»Sie spielt immer nur für sich alleine. Immer nur alleine. Das ist doch nicht normal.«
»Stimmt. Nie ist sie bei anderen Kindern. Nie. Das ist schon ziemlich bedenklich.«
»Aber zurückgeblieben ist sie nicht. Jedenfalls nicht, dass es mir aufgefallen wäre. Ist dir was aufgefallen?«
»Nein, zurückgeblieben ist sie nicht. Nur nicht ganz normal. Oder hast du als Kind etwa lieber solche Wälzer gelesen als mit deinen Freunden zu spielen?«
»Natürlich nicht, aber ich war ja auch normal. Das liegt bestimmt am Vater.«
»Wie meinst du das?«
»Der Vater ist ja so ein Schnösel. Chirurg, weißt du. Und da gibt es in dem Haushalt bestimmt kein Spielzeug, sondern nur Bücher. Da muss das Kind ja so unnormal werden.«

Wenn es nicht klappt, in der Masse unterzugehen, dann will man einfach in Ruhe gelassen werden. Am Rand mitlaufen. Am Rand sitzen. Am Rand denken. Aber auch wenn es am Rand ist, gehört man noch ein bisschen dazu.

»Das ist schon schlimm, oder?«
»Was?«
»Dieser Buckel, den sie hat. Und dann stellt sie sich damit auf eine Bühne. Das ist schon ein unnormaler Geltungsdrang, oder?«
»Ach das meinst du. Stimmt. Das ist mir neulich auch aufgefallen. So krumm. Unnormal. Also neben deinem Benjamin und meiner Charlotte sieht sie wirklich anders aus. Das passt gar nicht ins Gesamtbild. Ihre Schwester hat das ja auch. Aber bei der sieht man gar nichts.«
»Und dann stellt sie sich auf eine Bühne. Als Hauptrolle. Wenn sie sich am Ende verbeugt, denke ich immer, sie kippt gleich vorn über, wenn sie sich nicht an den anderen festhält.«
»Hahaha, du wieder. Ich denke, die haben Geld. Da hätte sie ja eigentlich zu den besten Ärzten gehen können. Die will bestimmt auffallen. So exzentrisch ist die.«

Jemand anders sein. Einfach eine Rolle spielen. Die Rolle von jemand normalem spielen. Egal, wie unnormal man eigentlich ist. Egal, wie unnormal man eigentlich aussieht. Solange man so tut, als sei man jemand anders, gehört man ja irgendwie noch dazu.

»Sie studiert jetzt irgendwas mit Kunst oder so. So was Neumodisches.«

»Na, das war ja klar. Heutzutage muss ja wirklich jeder studieren. Und was genau?«

»Das weiß ich nicht. Ihre Schwester geht ja zu meiner Marie in die Klasse. Und die hat erzählt, sie würde jetzt eben so was Komisches studieren.«

»Eine Ausbildung hätte sie ja machen können. Aber mit so einem Abschluss muss man ja unbedingt studieren. Einfach weil es alle machen. Was macht man denn mit so einem Studium? Also was genau ist es noch mal?«

»Ich frage noch mal meine Marie, wenn sie vom Volleyball nach Hause kommt.«

»Ach toll, was deine Tochter alles macht. Das macht ja nicht jeder. Das hört man ja auch nicht aller Tage. Mal was Außergewöhnliches. Die geht bestimmt ihren eigenen Weg und macht nicht das, was alle machen.«

»Ja. Die war schon immer mutig. Egal, was andere sagen. Ballett machen oder so. Nein, sie wollte Volleyball spielen. Eben einfach mal was anderes.«

Man selbst sein. Dabei keine Rolle spielen. Die Rolle von niemandem spielen und deshalb keine Rolle spielen. Egal wie außergewöhnlich die eigene Rolle ist. Solange man tut, was alle tun, gehört man ja dazu. Man spielt nur keine Rolle mehr.

»Hast du gehört? Die war jetzt auf dem Arbeitsamt. War ja klar. Alle, die was mit Kunst studieren, landen auf dem Arbeitsamt.«

»Wusstest du, dass das Arbeitsamt die größte Vermittlungsagentur für Künstler ist?«

»Haha, du wieder. Aber war ja klar, dass die da landet, wo alle landen.« »

»Direkt nach dem Studium zum Amt. Die hat doch noch nie gearbeitet. Und dann bekommt die Geld von unseren Steuern.«

»Meine Marie wurde nach ihrer Ausbildung direkt übernommen. Und die zahlt jetzt für solche Leute, die von vorn herein nicht arbeiten wollten.«

»Was hat deine Marie gelernt?«

»Bürokauffrau. Und hatte in jedem Fach mindestens eine 3.«

»Toll. Das hört man ja auch nicht alle Tage. Mal was Ausgefallenes. Na klar, dass sie da gleich übernommen wurde.«

»Ja, ihr Beruf wird händeringend gesucht. Und dann bezahlt sie für solche faulen Leute, die absichtlich am Rand der Gesellschaft leben.«

»Ja, alle in einen Sack und draufhauen. Da trifft man immer die richtigen.«

Wenn man es schafft, unterzugehen, klappt es auch, in der Masse unterzugehen. Dann wird man in Ruhe gelassen. An den Rand gedrängt werden. Auf dem Rand balancieren und versuchen, nicht unterzugehen.

»Sie hat sich ja jetzt operieren lassen. Der Buckel ist weg. Die hat einen ganz gerade Rücken. Und abgenommen hat sie auch.«

»Stimmt. Ich hab gehört, sie hat jetzt auch einen Job.«

»Jaja, genau. Sie hat eine Umschulung gemacht und arbeitet als Sekretärin.«

»Meine Marie hat erzählt, dass sie jetzt auch immer beim Volleyballtraining ist.«

»Ach schade. Die war doch begabt. Die hat doch auch irgendsowas Ausgefallenes studiert. Was war doch gleich?«

»Irgendwas mit Kunst war das. Wirklich traurig, dass das nicht geklappt hat. Die sah auf der Bühne immer so präsent aus.«

»Stimmt. So ein Talent. Und dann macht sie was im Büro, wie alle. Das ist ja schon irgendwie traurig.«

»Und war denn die Operation wirklich nötig? Sie sah wenigstens nicht so aus wie alle. Sie hat sich ja allein dadurch schon ein bisschen hervorgetan.«

»Dass die Leute nicht mehr zu sich stehen und sich einfach nehmen, wie sie sind. Das ist wirklich traurig. Dass sie immer alle der langweiligen Norm entsprechen wollen.«

»Und sie war ja als Kind schon so niedlich. Erinnerst du dich, Marianne? Was sie auch für eine Haarpracht hatte. Das hätte sie doch hervorheben können. Da hätte niemand mehr auf den Buckel geachtet.«

Normgröße haben. Normaugen haben. Normhände haben. Normhaare haben. Normknochenbau. Normhaut. Normhintern. Normbrüste.

Der Norm entsprechen, ist aber etwas langweilig. Jedenfalls lernen wir das so. Wer aus der Norm fällt, fällt auf. Positiv, nicht negativ. Menschen, die aus der Norm fallen, wollen sich abheben. Sich aus der großen Masse befreien.

        Genauso wie alle anderen auch.

Wenn ich könnte, würde ich null Sterne geben!

Rezensieren für Fortgeschrittene

#Folge 3 - Klangschale mit Klöppel

Blitzangebot-Täuschung!

»Mit Blitzangebot gekauft.
Eine Woche immer noch gleicher Preis wie Blitzangebot...
Kundentäuschung mit BLITZANGEBOT!
Rezension wurde 3x NICHT gepostet!!!«

Puh, na Donnerwetter! An deiner Stelle würde ich blitzschnell Anzeige erstatten, Harry!

In Jena sind die Mieten sehr hoch...
das ist alles, was ihr zu diesem Text wissen müsst

———

Beste Fünfer-WG sucht Ergänzung

»Hallohallöchen. Wir, das sind Linus, Student der IWK, VKKG und BKA, Benedict, Erstsemester in Kaukasiologie und Südosteuropastudien, Margot, Studentin der Philosophie und Sportwissenschaften und unser Hausgeist, weil sie kaum zu Hause ist, der kleine Workaholic, und meine Wenigkeit, Birte, meine Freunde nennen mich Bibi, Studentin im ersten Fachsemester DAF und angewandte nordsüdasiatische Literaturstudien des Wikingerzeitalters auf Lehramt.«

Holt tief Luft

»Wir suchen dich, genau dich, um unsere bunte WG noch bunter zu machen. Wir sind super aufgeschlossen, freundlich, respektvoll im Umgang miteinander und lieben gemeinsame Aktivitäten in unserer life-living-bounding area-WG, wie beispielsweise Paleo, vegane oder pescetarische Kochabende, Monopolysessions und Das-Spiel-des-Lebens-den-Putzplan-braucht-man-nicht-Sonderedition.«

Schnappt eigenartig mit den Lippen

»Wir leben eine »Lass die Tür offen, dann ist es auch dein Herz«-Mentalität. Wenn dich was bedrückt oder du einfach quatschen willst, pack die Kuschelsocken ein und lass deiner Seele auf einem Gesprächsbett deiner Wahl freien Lauf. Wir unterstützen uns hier alle gegenseitig. Fehlt dir Klopapier, hat einer von uns garantiert ein Taschentuch.«

Lippen laufen langsam blau an

»Du solltest zwischen achtzehn und neunundneunzig sein. Offen, bunt, laut, leise, kommunikativ und sozial. Woher du kommst, interessiert uns nicht, Hauptsache, du bleibst.«

Schaut unsicher zu Linus

»Deine neue Wohlfühlzone, in der du rauchen darfst, ist brillant geschnittene siebeneinhalb Quadratmeter groß, kostet dreihundertachtzig Euro warm und hat den ganzen Tag über Sonne. Da sich die Wohnung im Dachgeschoss befindet, sind wir heiztechnisch auf der umweltfreundlichen Seite. Das Zimmer wird frisch geweißt und mit positiven Schwingungen übergeben. Es gibt superdurchschnittliches Internet, Parkett, eine Waschmaschine und zwei Kellerabteile. Die Uni ist fußläufig nur einen Katzensprung entfernt und ein Supermarkt ist gleich um die Ecke. Du kannst mich montags bis sonntags immer erreichen. Wir freuen uns riesig auf dich.«

Und sie glaubt das wirklich

Nette Vierer WG sucht Mitbewohner

»Hallo, ich bin Birte, für Freunde Bibi. Unsere WG, ein urbaner Pflanzen- und Freiraummanager, ein medizinischer BWLer und ich, Kunstgeschichtsstudentin des Mittelalters, sucht ein neues Mitglied für die Zwischenmiete.«

»urban« benutzt sie in letzter Zeit häufig

»Du solltest männlich sein, zwischen achtzehn und vierzig, vorzugsweise auch Student und Nichtraucher. Wir sind sehr offen und kochen ab und an gerne zusammen oder schauen Serien. Gerade bingen wir Lucifer, sind aber auch ziemlich gerne für uns. Du solltest dich an unseren Putzplan halten und ein Mindestmaß an Erfahrung, was das Zusammenleben betrifft, mitbringen. Heißt, wenn du beispielsweise das Klopapier alle machst, kaufst du neues.«

Putzt sich die Nase mit dem letzten Blatt Klopapier

»Dein Zimmer ist schnuckelige zwölf Quadratmeter groß und natürlich voll möbliert. Die Wohnung verfügt über Linoleumböden, einen Kohleofen, der alles verbrennt, was man reinwirft, zwei Bäder, allerdings kei (Pause für zehn Sekunden, wegen Internetwitz) ne Waschmaschine. Entschuldige, manchmal hängt das Internet, aber ein Internetcafé mit integriertem Waschsalon ist nur dreizehn Querstraßen entfernt. Die Gesamtmiete beträgt vierhundertachtzehn Euro und du kannst dich gerne montags bis Freitag von achtzehn-zweiundzwanzig Uhr melden.«

Die Pause war unbewusst

Dreier WG sucht

»Mein Name ist Birte. Wir suchen eine Nachmieterin für ein vierzehn Quadratmeterzimmer zum schnellstmöglichen Termin.«

Hat nebenbei noch dreiundsiebzig andere Tabs offen

»Wir, Karl, hat auf jeden Fall irgendwas studiert, und ich, wissenschaftliche Mitarbeiterin am Lehrstuhl für freie und okkulte Religionswissenschaften suchen eine Frau zwischen neunundzwanzig und neununddreißig. Du solltest berufstätig sein und ein festes Einkommen haben. Wir sind eine reine Zweck-WG und schätzen unsere Ruhe sehr, da wir auch viele Dinge im Homeoffice erledigen müssen. Jede Woche kommt eine Putzfrau, an deren Gehalt du dich beteiligen müsstest. Soziale Aktivitäten aller Art sind nach draußen zu verlagern.«

Drückt zum zehnten Mal einen Anruf von Karl weg

»Nun zu den Fakten. Dein potenzielles Zimmer ist dreizehn, sechssechssechs Quadratmeter groß, muss von dir gestrichen werden und die Möbel gegen eine Ablöse von tausendfünfhundert Euro übernommen. Das müsstest du allerdings mit deinem Vormieter selbst klären, denn wir kommunizieren nur noch über unsere Anwälte.«

Trifft die Maus, die seit Wochen in der Wohnung haust, endlich mit einem gezielten Taschenmesserwurf ins Bein

»Wo die Sonne herkommt, weiß ich nicht, da mein Rollo immer unten ist, auf Grund meiner starken Migräne. Bitte richte dich danach. Und egal, welche Geräusche du aus meinem Zimmer hörst, die Tür bleibt zu!«

Der Schrank ruckelt schon wieder so komisch

»Die Miete beträgt zweihundertelf Euro warm, da wir selbst schlachten und vieles, wie Erdäpfel in der Badewanne anbauen. Du kannst mich am Sabbat und sonntags von sechs Uhr sechsundsechzig bis neun Uhr neunundneunzig erreichen.«

Stellt das Handy aus

»Expectamos ad vos.«

Musste ein Semester Latein studieren

Suche Menschen

»Mein Name tut hier nichts zur Sache. Nennt mich einfach Abaddon. Zu mir: El hechizo de la revelacion es una magia poderosa.«

Wer in die Innenstadt möchte, muss eben einige Abstriche machen

»Zu dir:
- sei zwischen einunddreißig und zweiunddreißig
- einen Meter und neunundsiebzig Zentimeter groß
- grüne Augen von Vorteil
- fremdsprachenaffin
- Carnivor*in
- medizinisch vorgebildet
- forensisches Knowhow vorhanden
- unscheinbar auffällig
- bereit auf ein paar Gliedmaßen, Haare und deine Seele zu verzichten«

Das ist mittlerweile so üblich

»Zum Zimmer:

- Platz genug für einen Schrein mit den Maßen drei mal vier Meter
- schalldicht
- flüssigkeitsabweisende Raufasertapete und Boden
- Preis Verhandlungsbasis

Schicke mir einen Raben bei Interesse.«

Die Maus hat es leider nicht geschafft

Suche

»Eine gute Rotweinempfehlung zu unscheinbar auffälligem dunklen Fleisch.«

Sorry, das Zimmer ist schon weg

Wenn ich könnte, würde ich null Sterne geben!

Rezensieren für Fortgeschrittene

#Folge 4 - Der beliebte Brotaufstrich Marmite

★ ☆ ☆ ☆ ☆

Marmite ist schrecklich

»marmite findet das pony
marmite mach einen neuen freund
marmite gibt anweisungen
marmite gibt moralische unterstützung
marmite rettet den tag

MARMITE IST SCHRECKLICH«

Rosen sind rot, Veilchen sind blau,
ich will auch ein Pony.

Wenn ich ein Poetry Slammer wäre

Wenn ich ein Poetry Slammer wäre, würde ich überall mit »Eure Hoheit« angesprochen, lebte in einem Palast aus Kristallen, Edelsteinen und Marmor und hätte freien Eintritt in jede Lokalität meiner Wahl.

Wenn ich ein Poetry Slammer wäre, würde ich mir einen Ausweis anfertigen lassen, der mich mit einem Mops auf dem Schoß abbildet, mich in Aphrodite umbenennen. Männer würden vor mir knien, mich mit Palmen vergötternd anwedeln, Köstlichkeiten reichte man mir aus aller Welt und jeder verneigte sich tief.

TIEFER !!!!!

Wenn ich ein Poetry Slammer wäre, wäre ich reich, populär, promiskuitiv, bewundert. Würde ich von Stadt zu Stadt ziehen, meine Kunde unters Volk streuen, kulturelle Kreuzzüge beginnen und gewinnen.

Wenn ich ein Poetry Slammer wäre, dann würde ich
immerfort nur reimen.
Das Fußvolk würde dann auch schleimen.
Das gefiele mir sehr gut,
wenn jede*r zöge seinen Hut.
Vor mir und meinem herrlichen Talent,
das bald Deutschland, nein, die ganze Welt schon
kennt.
Nach außen dominierte meine Bescheidenheit,

das ist, so eine Eigenheit,
die, von mir zur Perfektion getrieben,
es schafft, dass sie mich alle lieben.
Ich schlender dann die Straßen lang,
und da auf einmal fängt es an,
der Gehweg brennt und explodiert,
das Menschsein um mich rum gefriert.

Doch ich bin nur eine Schauspielerin, eine Unterkategorie der Bühnenkünstler*innen, der Abschaum der kulturell Beitragenden, ein Hampelmann fürs Volk. Aber die Tragik endet hier nicht. Improvisationstheater heißt das Genre, das ich betreibe. Beruflich, als Selbstständige. Seit einem Jahr, einem Monat und dreizehn Tagen. Seitdem friste ich ein lustloses, beschämendes Dasein in Armut, Selbstverleumdung und kreativer Prostitution.

»Wer von euch kennt Improvisationstheater?«, ist die erste Frage an jedem meiner klassischen Arbeitstage. Oft schnellen viele Arme in die Höhe.

»Wer von euch mag Improvisationstheater und erkennt es als ernstzunehmende Form des Schauspiels an, dessen Ausübende in Gesang, Tanz, Körperlichkeit, Spontanität, mimischen Feinsinns und sprachlichen Geschicks immer top trainiert sein müssen, an?«, sollte die eigentliche Frage lauten.

Einmal haben wir die gestellt. Ein einzelner Arm wurde gen Multifunktionssporthallendecke in Hinterfinsterbach gereckt: »Entschuldigung, das ist wohl hier gar nicht die Rassekatzenschau?«, fragte eine ältere Dame in der hinteren Reihe. »Wir miauen bestimmt auch mal während des Auftritts für Sie, denn wir spielen ja, was Sie wollen«, habe ich geantwortet. »Du dämliche alte kunstverachtende Schabracke. Lies halt, was auf dem Plakat vor der Tür steht, herrje. Aber bitte, bitte bleib. Ich bin nämlich von deinen ermäßigten vier Euro dreißig abhängig, um wieder ohne Scham meiner Sparkassenfrau begegnen zu können«, wollte ich sagen.

»OK. Gebt mir doch mal bitte zwei Emotionen!«
»HUNGER!«
»Danke. Hunger also. Vielleicht noch eine zweite echte Emotion?«
»Hier. So, so, so, schockgefroren!«

Oberste Regel des Improvisationstheaters:
Man nimmt, was man kriegt.

Ein Jahr, einen Monat und vierzehn Tage früher.

»Sie wollen sich also mit Improvisationstheater selbstständig machen. Was ist das denn eigentlich?«, fragte mich die Dame auf dem Amt.

»Na, so spontanes Schauspiel mit Publikumsinteraktion«, erklärte ich ihr.

»Aha, also wollen Sie dem Staat auf der Tasche liegen. Ihr Leben lang?«, investigierte sie weiter.

»Ne, ne. Ich hoffe ja, das schauen sich Leute an und bezahlen Eintritt und so.« Ich wurde immer kleinlauter.

»So, so. Dann legen Sie uns bitte einen Einkommens-Umsatz-Nachweis über die nächsten zehn Jahre vor. Auf den Cent genau. Wenn Sie das noch nicht genau pro-

gnostizieren können, schätzen Sie eben. Auf den Cent genau!«
»OK!«
»Weiterhin brauche ich eine Erklärung, wer mögliche Konkurrenz sein kann und wie gerade Sie sich gegen diese durchsetzen.«
»Da gibt es eigentlich gerade nur die Poetry Slammer. Die sind in der Kleinkunst gerade ziemlich populär.«
»Sie wollen sich gegen Poetry Slammer in freier beruflicher Wildbahn durchsetzen? Die gewinnen Kreuzzüge!«.

Ein Jahr, einen Monat und fünfzehn Tage später

Ich bin eine Improvisationstheaterschauspielerin. Ich möchte etwas ab vom Ruhm. Ich möchte Gehwege entflammen und meine Gedanken kundtun.
Ich bin eine Improvisationstheaterschauspielerin, die auf eine Bühne stehen möchte, auf Palmenwedeln herumtreten. Ich möchte, dass Sonnenschirme hoch über mir gehalten werden.

HÖHER !!!

Ich bin eine Improvisationstheaterschauspielerin. Nein!

Ich bin die Queen der Improvisation.
Drei Worte und ich spiele schon.
Erschaffe Welten aus dem Nichts.
Das glaubst du nicht? Sie her du Wicht!
Bin eine Hure nur für dich. Herrin.
Stopfe Strümpfe.
Ertrinke oder schwimm durch Sümpfe.
All das geschieht mit Poesie,
allein in deiner Phantasie.
Es ist die Kunst, die wir euch geben.
Denn Kunst ist größer als das Leben.

Wenn ich könnte, würde ich null Sterne geben!

Rezensieren für Fortgeschrittene

#Folge 5 - Irgendein iPhone

> ★ ☆ ☆ ☆ ☆
>
> »Bildschirm ist nice
> Sehr sehr gutes Smartphone«

Nur A-Level-Rezensierende wissen, dass es 5 Sterne gar nicht gibt.

Bewerbungen

Ich hasse es, mich anzubiedern. Schon immer. Unser ganzes Leben lang müssen wir uns messen, siegen, besser sein als andere. Die Unart beginnt doch schon, sobald wir selbstständig krabbeln können. Ach Quatsch, schon viel früher.

»Was du bist schwanger? Oh schön. Ganz toll. Wir freuen uns für dich. Also ich ja übrigens auch. Super, oder? Hast du schon einen Kita-Platz und Babyschwimmen beantragt? Also wir haben schon bei beidem eine Zusage.«

Dann ist das Kind auf der Welt und schon geht das Messen weiter. Welches Baby lacht früher? Wer kann zuerst endoplasmatisches Retikulum fehlerfrei aussprechen? Wer kann eher sitzen? Wer verträgt Honig mit einem halben Jahr, ohne daran zu Grunde zu gehen? Hart muss man werden!

Weiter in den Kindergarten. Da wird man ja direkt in gesellschaftliche Hierarchien eingeführt und ist mehr oder minder dazu gezwungen, sich Freunde zu suchen und an gesellschaftlichen Großveranstaltungen, wie dem Sandkuchenbacken teilzunehmen. Da beeindruckt es niemanden, wenn man einen wissenschaftlich fundierten Vortrag über die Sinnlosigkeit dieses Vorhabens hält. Entweder man stopft sich diesen katzenpipiverseuchten, grobkörnigen Dreck in den Mund und vorher in ein Muschelförmchen oder man wird beim Erdbeermilchtrinken von Jaqueline und ihren backenden Backbienchen geschasst. Backende Backbienchen. **Das ist pure Redundanz, Jacqueline!**

Wo wir gerade bei Bienchen sind, sollten auch die Stempelbienchen im Hausaufgabenheft nicht unerwähnt bleiben.

»Na, wie viele Fleißbienchen hast du die Woche bekommen? Bestimmt keins. Voll schade für dich. Ich habe ja vier, weil ich so fleißig war.«

Hört ihr das auch? Dieses Ich-täusche-Mitleid-vor-rubbe-dir-meinen-Erfolg-aber-instant-in-your-face?
Ich war einfach nach zwei Sekunden fertig, eins plus eins zu rechnen, Jaqueline!

Nach der vierten Klasse kommt es dann zum ersten Supergau: Gymnasium oder Realschule. Die Noten sind entschieden, die Fleißbienchen gezählt und Jaqueline hat es trotzdem nicht geschafft, zur Elite von morgen zu gehören. Ihre Mutter weint.

Fast forward zum Abitur. Man hat einen Einser-Durchschnitt und bewirbt sich an verschiedenen Universitäten. In Jena wird man genommen, weil die Einwohnendenzahl wachsen soll, nicht weil man gut ist. Das erzählt einem nur keiner.

Fünf Jahre später hat man eventuell seinen völlig nutzlosen Master und endlich ist es soweit. Die Zeit der unendlichen Bewerbungsphase beginnt.

An dieser Stelle soll nun offengelegt werden, dass diese Abhandlung nicht fiktiv ist. Es handelt sich vielmehr um die Erlebnisse des lyrischen Ichs, das in diesem Fall mit der Autorin gleichzusetzen ist.

Erster Versuch:

> Sehr geehrte Damen und Herren,
>
> Ich habe Ihre Stellenausschreibung gelesen. Die klingt nach was. Die Bewertung Ihrer Firma ist jetzt nicht so, aber das scheint Sie ja nicht zu stören. Find ich gut! Man muss ja nicht von allen gemocht werden. Nun zu mir. Ein paar von den geforderten Dingen kann ich. Manche nicht. Melden Sie sich.

Bis heute kam keine Antwort.

Zweiter Versuch:

> Sehr geehrte Frau Müller,
>
> ich habe mir die Mühe gemacht, Ihren Namen zu suchen. Deswegen konnte ich ja auch sehr geehrte Frau Müller schreiben. Ich bin gut für Sie und die Firma. Bis bald!

Das Telefon klingelt. Meine Mutter ist am Apparat.

»Erinnerst du dich noch an Jaqueline? Die ist jetzt Personalerin. Die hat auch geheiratet und heißt mittlerweile Müller.«

Meine erste Absage folgte drei Tage später mit Sand im Kuvert.

Danach setzte ich mich mit einer Freundin zusammen, um meine Skills zu improven. Wir haben meine Stärken eruiert und Sätze formuliert, die es wert waren, gelesen zu werden. Ich präsentierte mich jetzt.

Versuch dreiundvierzig:

Sehr geehrter Herr Schneider,

die selbstständige Organisation diverser soziokultureller Veranstaltungen hat unter anderem maßgeblich zu meiner zielorientierten und effektiven Arbeitsweise beigetragen. Ich habe einen Segel- sowie einen Kletterschein, kann in Spiegel- und Keilschrift schreiben, habe einen IQ von Einhundertsechsunddreißig, einen EQ von Einhundertsechzig und beherrsche deutsch, französisch, russisch, farsi, arabisch und alte ägyptische Runen fließend in Wort und Schrift und habe bereits einen Pulitzer-Preis gewonnen.

Meine erste ausführliche Absage folgte.

```
Hallo,
zu wenig Berufserfahrung.
```

Ich gab nicht auf. Egal, wie viele Rückschläge noch auf mich warteten. Hundertsiebzehn Bewerbungen, achtundfünfzig Überqualifizierts, neununddreißig zu wenig Berufserfahrungens und siebzehn computergenerierte Nichtantwortenmails später spendierte mir das Arbeitsamt ein One-on-One-how-to-bewerben.

»Schau mal. Alles im Leben ist Bewerbung. Du musst recherchieren, was die wollen, dich informieren. Es geht nur darum, anderen klarzumachen, dass du die Beste bist. Probiere das gleich mal im täglichen Leben aus.«

Abends beim ersten Date.

Huhu, ich spiele übrigens vier Instrumente und war Rettungsschwimmerin. Deine Ex-Freundin ja auch. Ich hab' mich da informiert. Aber ich habe die ausgewogenere Knochenstruktur. Rein genetisch passen wir zu Neunundneunzig, neunneunneun % zusammen und unsere Babies werden Honig schon mit vier Monaten vertragen. Zu deinen Grundwerten gehören ja außerdem Zuverlässigkeit und die Bereitschaft, auch mal mehr zu geben und am Abend und den Wochenenden verfügbar zu sein. Check!

Das fühlte sich gut an. Ich wurde immer besser. Am nächsten Morgen trat ich gleich mit einer ganz anderen Attitüde in die Bäckerei meines Vertrauens.

»Hallo, ich hätte gerne einen Kaffee. Aber ich habe meinen eigenen Becher dabei, ich bin nämlich sehr ökologisch, müssen Sie wissen. Ach lassen Sie mich den Kaffee einfach gleich selbst einschenken. Ich sehe nämlich, wenn es Aufgaben gibt, die übernommen werden müssen. Außerdem bin ich für Gleichberechtigung und flache Hierarchien.«

Ich wurde immer und immer besser. Also da hat das Amt wirklich mal eine tolle Maßnahme ergriffen, die bestimmt bald fruchtet.

Versuch Zweihundertneunundachtzig:

Sehr geehrter Vorstand,

mein Mindset ist wide open, Challenges gehe ich immer im Team an und ich wünsche mir nichts sehnlicher, als dass wir mit- und aneinander wachsen. Ich freue mich auf einen persönlichen Talk.

Absage:

>Die Stelle wurde bereits vor Wochen besetzt. Oopsie. Aber du kannst unseren Newsletter gerne abonnieren und dir so 5% Rabatt auf deinen nächsten Einkauf sichern.
>...
>Click here.

Versuch Vierhunderteins:

>Sehr geehrte Frau Hofmann,
>
>Bitte, bitte stellen Sie mich ein. Ich mache, was Sie wollen, benötige kaum Gehalt und bin leise und fleißig wie ein kleines Bienchen.

Das übrigens war gestern. Gerade rief meine Mutter an:

»Ey, die Jaqueline hat schon wieder geheiratet. Die heißt jetzt Hofmann!«

Ich gehe jetzt erstmal zu meinem Bäcker und frage, wie man Sandkuchen backt.

Wenn ich könnte, würde ich null Sterne geben!

Rezensieren für Fortgeschrittene

#Folge 6 - Schleim

★ ☆ ☆ ☆ ☆

»Nicht wirklich...

...Schleim sollte anders sein. Ist eher ne zähe Masse, hat nicht viel Freude gebracht. Schade...«

Schleim sollte Spaß machen! Meine Meinung.

Die Stadt mit zwei Namen

Chemnitz ist eine kreisfreie Stadt im Südwesten des Freistaates Sachsen. Laut der Zählung am 31.12.2017 wohnen zweihundertsechsundvierzigtausendachthundertfünfundfünfzig Menschen in ehemals Karl-Marx-Stadt. Davon ungefähr sechstausendeinhundert Geflüchtete und siebenunddreißigtausendneunhunderteinundsechzig Neonazis sowie besorgte Bürger*innen. Doch das eigentlich Interessante ist, dass rund sechsundachtzig Prozent der Bevölkerung über dreiundsechzigeinhalb Jahren alt sind und somit Dialyse-Taxifahrten den größten Wirtschaftssektor darstellen. Dicht gefolgt von Apotheken an jeder eineinhalbsten Ecke.

Die Stadt möchte ihren Einwohnenden eben etwas bieten, das über stupide Shopping-Malls hinaus geht. Daher ist auch jeder Plattenbau in einem anderen Grauton gestrichen und bei dem riesigen Schornstein inmitten der Stadt haben sie sogar noch hellgelb rausgerückt. Also was fürs Auge wird hier allemal geboten.

Auch die belebenden Quellen in und um Chemnitz sind einen Besuch wert. Dort lässt sich nämlich der höchste Crystal Meth Wert in ganz Europa nachweisen. Noch vor Erfurt (warum ich das so arg betone, weiß ich leider nicht). Es gibt also mehrere Gründe Karl-Marx-Stadt seine Aufwartung zu machen.

1. Man möchte sehen, wie wenig Charme eine Stadt versprühen kann.
2. Man möchte seine Großeltern besuchen.
3. Das Crystal Meth wird knapp.
4. Man hat einen Termin.

Bei mir traf letzteres zu. Ich überquerte damals nun also die Grenze dieser sagenumwobenen Stadt, voll bepackt mit Mut, Vorurteilen und Hoffnung. Die erste Lektion, welche mir erteilt wurde, war die, dass Tempolimit fünfzig nur von »Ökos, Hippies und Wessigesocks« eingehalten wird. Jedenfalls laut des wüsten Zurufs eines freundlichen Herren über dreiundsechzigeinhalb am Straßenrand.

Leicht verunsichert, aber willens, die kulturellen Eigenheiten zu verstehen, fuhr ich kühn zweiundsechzig Kilometer pro Stunde einen der achtundsiebzig Berge gen Zentrum hinab, in dem einen Karl Marx ohne Torso oder Gliedmaßen schweigend stoisch begrüßt.
Nun sah ich sie: Plattenbauten, graue Bräune, hellgelb dreckige Flüsse und Menschen mit lustigen Heimatsprüchen auf ihren Jacken.

Einst die reichste Stadt Deutschlands. Nun nicht mehr die reichste Stadt Deutschlands. Doch es lassen sich noch Spuren längst vergangenen Ruhmes finden. Hier und da erspäht man Goldgrabende am Fluss, prunkvollen Stuck, der von den Fassaden bröckelt oder herrschaftliche verfallene Villen, in denen man nun Glücksspiel betreibt, danach bestrebt, glorreiche Tage zu reanimieren.

Ich parkte mein Auto kostenfrei in einer wüsten Ödnis und wartete ungeduldig auf meinen Termin. Währenddessen ließ ich alles um mich herum wirken. Keine Menschen in Sicht. Kein Vogelgezwitscher. Nur Rollatoren waren quietschend in der Ferne zu hören.

Dann endlich tippte mir meine Verabredung auf die Schulter und sprach zu meiner Verwunderung hochdeutsch. Wenigstens fast. Doch nicht genug meiner tiefen Irritation. Ich wurde direkt in eine geheime Parallelwelt entführt. Voller Ökos, Hippies und Wessigesocks. Die Menschen dort waren so ganz anders als ich es erwartet hatte. Man umarmte sich gegenseitig zur Begrüßung, sprach mehrere Sprachen freudig erregt durcheinander, reichte sich Speisen und Getränke, die Fatma und Klaus gemeinsam zubereitet hatten, und lachte. Ja, man lachte herzlich und laut. Und es war fröhlich. Das Grau brach auf und wurde geflutet mit rotem, grünem, violettem, türkisem und grellgelbem Leben unter dreiundsechzigeinhalb Jahren. Nichts von Hass, Ödnis oder Tristesse war zu spüren. Nur Wonne und Knoblauch.

Nachdem ich jede*m einzeln vorgestellt wurde, führte ich anregende Gespräche über Siebdruck, Dachdeckerei, Kunst und Mischpaletten.

Die bereits eingetretene Nacht neigte sich dem Ende und ich trat die Heimreise an. Meine Verabredung brachte mich noch zu einer Bushaltestelle, vorbei an messerwetzenden Eichhörnchen und bröckelnden Fassaden. Der letzte für mich in Frage kommende Bus, der mich direkt zu meinem Auto bringen sollte, fuhr allerdings bereits vor vier Monden.

Ich zückte also mein Mobiltelefon und rief einen Taxiservice nach dem anderen an. Ohne Erfolg. Doch nach drei unbeantworteten Versuchen, sollte Nummer vier von Glück gekrönt sein.

»Taxiservice Chemnitz.«
   »Witzig.«
   »Was?«

»Sie heißen einfach Taxiservice Chemnitz. Das ist irgendwie lustig.«
»Sie sind nicht von hier, stimmt´s?!«
»Stimmt. Woran erkennen Sie das. Bestimmt der Dialekt!?«
»Nein. Sie lachen.«
»Oh.«
»In welches Krankenhaus wollen Sie denn?«
»In gar keins, ich will zu meinem Auto.«
»Also keine Dialysefahrt?«
»Nein.«

Tut, tut, tut...

Ich musste also laufen. Meine Begleitung versicherte mir allerdings, dass in Chemnitz nichts weit sei und alles ganz leicht zu erreichen wäre. Wir liefen also fünfzehn Kilometer, vorbei an E-Shisha-Shops, Dönerbuden, Kleintierzubehörfachmärkten, Autobahnen und Spätis, allesamt geschlossen. Das war nur ein Spaß. Hier gibt es keine Spätis.

Nach zwei Stunden Marsch musste nur noch ein einziger kleiner Berg erklommen werden. Esel mit Sackkarren bespannt, die aber allesamt besetzt waren, trabten an uns vorbei und lachten mich aus.
Als ich endlich keuchend und schnaubend mein Ziel erreichte, hörte ich in der Ferne wieder Rollatoren, die mir zu meinem Sieg gratulierten.

»Und, kommst du wieder?«
»Klar. Und ich bringe einen Eimer Farbe mit.«

Wenn ich könnte, würde ich null Sterne geben!

Rezensieren für Fortgeschrittene

#Folge 7 - Mini-Vibrator

★ ☆ ☆ ☆ ☆

»MINIVIBRATOR

MUSS MAN NICHT HABEN: BITTE AUS DEN LISTEN LÖSCHEN«

Aus welchen Listen, Renate? AUS WELCHEN LISTEN? Ich muss das wissen!

Kirchensteuer

DreizehnKommaFünf Jahre habe ich in Jena gelebt. Dort wählt man grün. Dort ist man sozial, kulturinteressiert und partiell sehr offen. Man bemalt Steine und hinterlässt sie an stark frequentierten Orten, damit andere, die daran vorbeigehen, sich an ihnen erfreuen und vielleicht ebenfalls animiert werden, ihrer künstlerischen Ader freien Lauf zu lassen.

Das Gemeinschaftsgefühl ist in vielerlei Hinsicht groß. Jena gegen Mietpreisboom. Jena für ein Schwimmbad. Jena gegen rechts. Jena für Diversität. Das war schön. Aber leider gibt es so viele Kulturenthusiast*innen, dass es an der Jobfront mehr als mau aussieht.

Also tat ich das einzig konsequent Logische. Ich zog nach Chemnitz. Hier gibt es Jobs. Auch einen für mich. Hier wählt man AfD. Hier ist man ruhig, kulturell gemäßigt und partiell sehr verschlossen. Hier bemalt man Stolperste....Verzeihung Steine...hier bemalt man Steine und hinterlässt sie an mäßig frequentierten Orten, weil alles in Chemnitz mäßig frequentiert ist, und hofft, dass sie jemand findet, seiner Ader freien Lauf lässt und vielleicht jemand anderen damit bewirft. Das Gemeinschaftsgefühl leckt in vielerlei Hinsicht.

Doch! Es gibt Hoffnung. Denn bereits einen Tag nach meiner terminlich korrekt ausgeführten Hauptwohnsitzanmeldung und zwei Tage vor Antritt meines neuen Jobs, habe ich einen Brief meiner neuen Gemeinde aus dem Briefkasten gefischt. Mein Name stand zwar weder an der Klingel, noch am blechernen Schreibenempfänger selbst, dennoch fand das handgeschriebene Dokument, durch göttliche Fügung nehme ich an, den Weg in meine Hände.

Da lebt man dreizehn, fünf Jahre in ein und derselben Stadt und nie schert sich die Gemeinde brieflich um einen. Du wirst weder zum Gottesdienst, noch zu Kaffee- und Kuchenbasaren eingeladen. Keiner macht dir ein schlechtes Gewissen, dass du jahrelang keine Predigt gehört, keine Kollekte gesammelt und niemanden von deinem Glauben überzeugt hast. Du bist denen egal. Dein Glaube ist denen egal.

»Aber hier bist du mit dem Leierkastenmann der Heilsarmee per Du und darfst mit seinem Glöckchen klingeln!«

Das ist eine Spendendose, keine Glocke...

»Hier backst du Eierlikörkuchen und trinkst Malzkaffee mit Kaffeesahne.«

Warum Malzkaffee?

»Damit sich auch die Kleinsten als großer Teil der Gemeinschaft fühlen!«

Ahhh...aber dann Eierlikör?

»DER BACKT RAUS!« **Ich hatte mich überzeugt.**

Ich übte mich also sofort in der Kunst des Glockenspiels. Weihnachten ist schließlich nicht mehr lang hin.

Rrrrrrrring! Das Telefon klingelt.

»Na, biste aufgeregt?«

»Schon, an Weihnachten ist schließlich unser Heiland geboren.«

»Ich meinte wegen des neuen Jobs.«

»Ach Mama, diese weltlichen Nichtigkeiten…«

»Bist du?«

»Ein wenig.«

»Denk dran: Stell dich gerade hin, sei freundlich und ball das Gesicht nicht immer so zur Faust.«

»Ja!«

»Bist du jetzt eingeschnappt? Das war doch nur Spaß. Du bist immer so schnell eingeschnappt. Da ballst du das Gesicht immer so zur Faust.«

»Ich bin jetzt ein anderer Mensch, Mama.«

»Weil du jetzt endlich Geld verdienst? Wie viel eigentlich?«

»Wenig.«

»Und netto ist das dann?«

»Weniger.«

»Ne, ich denke, das wird schon mehr sein. Ein bisschen jedenfalls.«

»Nein Mama, wir haben in Sachsen einen Feiertag mehr als ihr Heiden, zum Buße tun und beten, und im Gegensatz zu dir bezahl ich ja Kirchensteuer und…«

»Du zahlst die?«

»Ihr habt mich taufen lassen, Mutter!«

»Das sind bei deinem Gehalt ca. dreißig Euro im Monat. Das ist ein Stellplatz. Tritt aus! Ich sag es auch Oma nicht. Gott hat Verständnis dafür, der gönnt dir das.«

Tuut, tuut, tuut….

»Dreißig Euro pro Monat. Das sind 360 Euro im Jahr.«

360 Euro…

»Das sind….noch mehr in fünf Jahren.«

Noch mehr!

»Und wenn es mich überkommt, dann spende ich der Heilsarmee eben einfach so was!«

Genau. Die Institution Kirche ist reich genug.

»Mein Glaube ist ja nicht von der Kirche abhängig.«

»AMEN SCHWESTER!« **Ich hatte mich überzeugt.**

Am nächsten Tag ging ich mit Personalausweis und Ummeldebestätigung aufs Standesamt. An dessen Klingel standen keine Namen, keine Büronummern, keine Symbole und trotzdem konnte ich das Zimmer für Kirchenaustritte slash Namensänderungen sofort ausfindig machen. Gott war also noch auf meiner Seite. Keine zwei Sekunden später erklärte ich der Beamtin, dass ich mich lossagen wolle.

Ich kniff die Augen zusammen und wartete auf Hagel, Donner, fünfzehn Plagen und eine Ansprache, die sich tief in mein Herz bohrte, um mich doch noch von dieser Untat zurückzuhalten.
Stattdessen vernahm ich auf feinstem Sächsisch: »Joa, gehn'se nunter an den Automaten, bezahln fümfenzwanzig Euro, dann komme wieder hoch, ich stempel Ihnen was und dann hamses.« Ich tat, wie mir aufgetragen, und kam mit meiner heidnischen Quittung zurück. Die Beamtin händigte mir das Dokument beglaubigt aus. Was für eine Ironie. Sie fügte aber noch hinzu: »So das war's. Steuerlich bemerkbar macht sich das aber erst in drei Monaten!«

Jetzt, drei Monate später habe ich meine steuerlich gesparten dreißig Euro weise am Buß- und Bettag in Sprit investiert.

»Denn ich fühle mich, als müsse ich wirklich Buße tun.«

Ja, solltest du.

»Deshalb fahre ich heute nach Jena.«

Naja, hier hat ja auch alles zu.

»Eben. Und dort ist heute ein Kuchenbasar der Heilsarmee. Bei der Gelegenheit kann ich gleich mal was spenden.«

Ganz genau!

»Vielleicht schaffe ich es ja sogar, dass dort jemand das mit der Gemeinde ernster nimmt und am Ende sogar einen Kircheneintritt in Erwägung zieht.«

Super Idee!

Ich hatte mich überzeugt!

Wenn ich könnte, würde ich null Sterne geben!

Rezensieren für Fortgeschrittene

#Folge 8 - Blockflöte

★ ☆ ☆ ☆ ☆

Lachnummer hoch 10

»Echt Fies, bin extrem enttäuscht, kreischt, kratzt, pfeift schiefe Töne, nach nur zwei mal flöten, trotz Einleitung, abtrocknen und einfetten. Ich glaub an Amazons gute Bewertungen überhaupt NICHT mehr!!!! Meine ultra alte Holz Blockflöte macht sich sogar noch viel besser als dieses Ding da.«

Klingt für mich als passionierte Flötistin im Ruhestand nach einer akkuraten Beschreibung der Töne, die da raus kommen sollen, Claudia.

Die Radkette des Lebens

»Was möchtest du mal werden, wenn du groß bist?«
»Mhh, Fahrradfahrerin. Fahrradfahrerin in Berlin.«
»Und warum das?«
»Weil ich mutig sein will.«
»Aha.«
»Und das sind die mutigsten Menschen der Welt.«
»Ach, findest du?«
»Natürlich. Die setzen jeden Tag ihr Leben auf's Spiel. Für nichts.«

Wir haben große Ziele im Leben. Kinder sehen die Welt noch in einem glänzenden, strahlenden Licht. Alles scheint möglich. Die ersten Sandburgen sehen aus wie Paläste. Der erste echte Kuchen, bei dem man ausschließlich das Tütchen Vanillezucker reinkippen durfte, schmeckt wie das leckerste Backwerk, das je von Menschen geschaffen wurde. Alles will entdeckt werden. Furcht und Angst sind noch keine ständigen Begleiter. Die Welt steht einem offen.

Das erste eigene Fahrrad. Wie Mama und Papa einem beibrachten, die Balance auf dem Drahtesel zu halten, ohne durch Panikattacken um zwanzig Jahre zu altern.

(Kurzer Einschub: Ich bin damals direkt mit meinem Rad an einen Trabanten geknallt. »Mami, Mami, bist du noch hinter mir?« Aus der Ferne rief es: »Du brauchst mich nicht als Stütze, du machst das super!« Panik, Trabi, Klong.)

Aber du wirst älter. In der Schule lernst du Schreiben, Lesen, dass du später auch niemals einen Taschenrechner parat haben wirst und dass dein Entdeckerdrang jetzt benotet wird. Danach kommst du in die Pubertät und entdecken willst du nur noch, warum deine Eltern dich nicht verstehen, ob du vielleicht doch adoptiert bist und warum Simon aus der 8c dich nicht liebt.

Aber es gibt ein Licht am Ende des Tunnels. Und es scheint ganze tausendfünfhundert Euro hell.

»Was möchtest du denn mal nach der Schule machen?«
»Keine Ahnung.«
»Komm, irgendwelche Interessen hast du doch. Als Kind wolltest du immer Fahrradfahrerin werden.«
»Neee, aber Fahrschullehrerin könnte ich mir gut vorstellen.«
»Aha.«
»Fahrschullehrerin in Berlin.«
»Und warum das?«
»Weil ich mutig sein will.«
»Aha.«
»Und das sind nämlich die mutigsten Menschen der Welt. Die setzen täglich ihr Leben und das der anderen aufs Spiel. Für nichts.«
»OK. Sicher?«
»Boah, du verstehst mich echt null. Das war schon immer mein Traum. Ihr kennt mich gar nicht.«
Deine Eltern haben dir natürlich deinen Führerschein bezahlt. Du hast jetzt deswegen die nächsten zehn Jahre Schulden bei ihnen, aber dafür schlafen sie viel unruhiger, weil sie dich eben doch lieben.

(Kurzer Einschub: Mein Fahrschullehrer nannte mich konsequent Geierwalli. Bis heute interessiert es mich nicht die Bohne wieso.)

Du bist natürlich weder professionelle Fahrradfahrerin noch Fahrschullehrerin in Berlin geworden. Du wohnst bei Olpe auf'm Land und machst irgendwas außerhalb der Mobilitätsbranche, hast deine Schulden an deine Eltern aber abgezahlt. Du hast Simon aus der 8c doch noch rumgekriegt und gemeinsam überlegt ihr, ein Haus zu kaufen, um euch erneut zu verschulden. Das Leben ist unaufgeregt, aber den Dreh für den besten Kartoffelsalat mit Anchovis hast du voll raus.

»Was wünschst du dir, Schatz?«

»Wie jetzt? Was ich noch aus meinem Leben machen möchte? Meine Ziele, Ambitionen und wie du mich dabei unterstützen kannst?«

»Nein. Quatsch, Süße. Ich meine materiell gesehen. Was ich dir auch erfüllen kann.«

»Achso. Na, wenn du so fragst. Ein SUV wäre super. Und ein Umzug nach Berlin.«

»Oh. Ok. Warum gerade einen SUV?«

»Weil ich mutig sein will.«

»Aha.«

»SUV-Fahrer/innen in Berlin setzen jeden Tag das Leben von anderen aufs Spiel. Für nichts. Da fühle ich mich so machtvoll. Du würdest mir damit einen Kindheitstraum erfüllen.«

»Alles, was du willst, Schatz.«

Ihr zieht nach Berlin Charlottenburg, weil sie euren SUV in Kreuzberg immer zerkratzt haben. Ihr seid jetzt CEOs von irgendwas und habt euch der Kinder Friedrich und Margot wegen sicherheitshalber noch einen Zweitwagen zugelegt. Du weißt jetzt, was es heißt, in Berlin Autofahrerin zu sein. Du setzt täglich dein Leben aufs Spiel. Und das der anderen. Für nichts.

Das Telefon klingelt.

»Na Kind, wie geht´s dir? Was machen Margots Fagottstunden?«

»Mama, als ich sie vorhin abholen wollte, bin ich fast vom Glauben abgefallen. Ich biege hier aus der Straße raus, fährt so ein Vollidiot mit einem Handy am Ohr, einem veganen Hummussandwich in der Hand, einer Flasche in der anderen, wie viele Hände hat dieser Mann eigentlich, und einem Kind auf´m ergonomisch verrosteten Lenker mitten auf der Straße. Ist das sein Ernst?«

»Oh Gott, und dann?«

»Na nichts und dann. Ich muss jetzt neu lackieren lassen. Der Hummus hat sich nämlich so tief in die Motorhaube gefressen. Der Lackierer sagt, sowas hat er häufig bei unserem Modell. Das wird teuer.«

»Ach, du Arme!«

»Danke. Und wir haben Friedrich doch erst sein neues Mountainbike gekauft. Das war ja schon so teuer. Aber es sieht so toll aus an der Wandhalterung.«

Das ist jetzt dein Leben. Eure Kinder werden groß und ziehen aus. Ihr werdet immer älter. Der Kartoffelsalat mit Anchovis wird immer besser.

»Schatz, was wünschst du dir im Alter?«

»Gesundheit und Glück.«

»Nein. Materiell gesehen. Was ich dir noch erfüllen kann.«

»So ein E-Bike wäre toll.«

»Echt?«

»Ja. Ich will jetzt endlich wirklich mutig sein.«

»Aha.«

»Und E-Biker/innen sind die mutigsten Menschen der Welt. Die haben ja nichts mehr zu verlieren.«

Du verkaufst also euren SUV und genießt die Zeit in eurem eigenen Urban-Gardening-Projekt. Du erfreust dich an selbstgezüchteten Tomaten und du entdeckst wieder. Du wirst dir bewusst darüber, wie schön die Welt ist. Wie schön die kleinen Dinge. Dann fährst du mit deinem E-Bike noch kurz zum Bio-Bauern um die Ecke. Hast ein veganes Hummussandwich in der einen Hand, ein Blutdruckmessgerät in der anderen und eine Flasche in der dafür vorgesehenen Halterung. Du siehst noch im Augenwinkel wie ein SUV aus der Straße biegt, kannst aber nicht mehr reagieren. Das ist der Moment, in dem dir bewusst wird, dass alles, was du dir je gewünscht hast, besser ausgebaute Radwege sind.

Wenn ich könnte, würde ich null Sterne geben!

Rezensieren für Fortgeschrittene

#Folge 9 - Roman "Wandlungen einer Ehe"

von Sándor Márai

★ ☆ ☆ ☆ ☆

Buch Geschenk

»Wurde verschenkt und habe keine Rückmeldung erhalten.«

Da liegt die Schuld definitiv beim Autor, Marianne.

Es ist ein weites Feld

»Hey, du musst Anne sein.«

»Ähm…«

»Ich bin Ben!«

»OK.«

»Wäre ja auch schlimm, wenn nicht.«

»Wieso?«

»Na, wenn wir verabredet sind, jemand kommt, sieht aus wie ich, ist aber nicht ich.«

»OK.«

»Also du bist Anne.«

»Und du Ben. Das hatten wir ja schon. Auch, dass du es wirklich bist. Weil wäre ja blöd, wenn wir verabredet sind, jemand kommt, sieht aus wie du und ist dann aber nicht du.«

»Ja, OK. Ich hab´s verstanden.«

»Na, dass du es offensichtlich blöd fandest, dass ich gesagt habe, dass es blöd wäre, wenn ich nicht ich wäre.«

»Du wiederholst dich oft, Ben.«

»Du wolltest es doch aber erklärt haben.«

»Was wollte ich erklärt haben?«

»Na, dass du es unnötig findest, dass…«

»Ben, es reicht jetzt auch. Wir können das Thema jetzt abhaken.«

»Finde ich auch. Am besten fangen wir noch mal von vorne an.«

»Bloß nicht.«

»So war das jetzt nicht gemeint.«

»Was war nicht so gemeint?«

»Oh man. Wollen wir was bestellen?«

»Willst du denn was bestellen?«

»Naja schon. Deswegen sind wir ja hier in einem Restaurant. Und dann nichts bestellen, wäre ja irgendwie am Thema vorbei. Dann müssten wir bestimmt gehen.«

»Willst du denn gehen?«

»Nein. Deswegen frage ich ja, was du möchtest.«

»Hast du nicht. Du wolltest nur wissen, ob ich bestellen möchte.«

»Wie du meinst. Ich habe jetzt auch Hunger. Was möchtest du denn nun«

»Entscheide du!«

»Ich soll das für dich entscheiden?«

»Natürlich. Der, der bezahlt, entscheidet auch.«

»Du setzt also voraus, dass ich bezahle?«

»Naja schon. Du bist immerhin der Mann.«

»Pff, dann bekommst du eben Leitungswasser und sonst nichts.«

»Now we´re talking!«

»Wie bitte?"

»Was macht das gerade mit dir?"

»Ich fühle mich wie im Kindergarten. Das macht das mit mir.«

»Willst du mir an den Zöpfen ziehen?«

»Wieso sollte ich das wollen?«

»Nicht? Ich habe doch aber alles genau so gemacht, wie man es als Mädchen beigebracht bekommt.

Punkt eins: Stell dich dumm. Männer mögen es nicht, wenn man klüger ist als sie.

Punkt zwei: Frag nach.
Das bekundet Interesse.

Punkt drei: Wiederhole, was sie sagen. So fühlen sie sich wichtig und gewertschätzt.

Punkt vier: Lass sie die Entscheidungen treffen. Das stärkt den Leitwolfinstinkt.

Punkt fünf: Lass ihn zahlen. Denn er verdient in jedem Fall mehr Geld als du. Und ganz wichtig

Punkt sechs: Sei schlagfertig. Aber nicht zu sehr. Das provoziert positiv und weckt den Spieltrieb. Denn was sich neckt, das liebt sich. Wie damals im Kindergarten«

Nein, der Uwe hat dir nicht an den Haaren gezogen, weil er dich ärgern wollte. Der kann seine Zuneigung nur nicht anders ausdrücken. Und die Voodoopuppe, die aussieht wie du, liegt nur unter deinem Bettchen, um die bösen Gedanken zu vertreiben.

»Also los, zieh an meinen Haaren! Du kannst mir wahlweise auch eine Sandkastenschaufel auf den Kopf hauen, wenn dir das lieber ist.«
»Meine Güte, Anne. Wir sind aber nicht mehr im Kindergarten. Du müsstest doch mittlerweile wissen,

dass das alles veraltete Muster und dumme Märchen sind, die einem da erzählt wurden. Wir sind doch jetzt aber alle erwachsen. Außerdem kannst du nicht alle über einen Kamm scheren. Ich war nie so, wie diese fiesen Jungs.«

»Aber diese fiesen Jungs und die Märchen prägen kleine Mädchen eben nachhaltig. Sei schön, sei bescheiden, sei tugendhaft, ziehe den Neid anderer Frauen auf dich und freunde dich mit Tieren an. Ich habe das natürlich immer schön befolgt, obwohl ich gegen Hunde, Katzen und Pferde allergisch bin. Aber für den einen, für den wahren Prinzen, sollte man kleine allergische Schocks doch in Kauf nehmen. Egal, ob er ein notorischer Lügner, Kidnapper, Choleriker, Hochstapler oder Dieb ist. Diebe können immerhin dein Herz stehlen.«

»Und dann? Isses weg. Man, man, man. Komm mal wieder zurück in die Realität.«

»Hach, Realismus. Du meinst, wie bei Effie Briest? Diese Geschichte wurde mir als die Liebesgeschichte schlechthin in der Schule verkauft. Und ich habe es geglaubt.«

»Worum ging es da nochmal?

»Das weiß niemand so genau, weil man bereits auf Seite drei einschläft.«

»Aber warum hat es dich dann so nachhaltig geprägt?«

»Weil es dich auch wieder die Essenz von Beziehungen lehren soll. Hör auf deine Eltern, heirate einfach den, den man für dich aussucht. Hab keine Ansprüche. Auch wenn dein Zukünftiger eigentlich deine Mutter liebt. Hauptsache, du hast jemanden. Gib keine Widerworte. Dulde die Gewalt gegen dich und wenn du fremdgehst, wirst du jämmerlich und einsam krepieren.

Aber er hat immerhin einen Hund. Freunde dich einfach mit dem an und kämpf gegen deine Allergien an.«
»Also hast du es doch gelesen?«
»Punkt eins: Stell dich dumm. Männer mögen es nicht, wenn man klüger ist als sie.«

»Du lebst sehr in der Vergangenheit, oder?«
»Du meinst, ich soll moderner sein und denken. Vielleicht mal dieses Online-Dating ausprobieren?«
»Naja, so haben wir uns immerhin kennengelernt.«
»Die meisten suchen da eine Stadtführerin, Squash- oder Tennispartnerinnen und geben mit Fischen an, die sie beim Surfen in Australien im Amazonas mit ihren Zähnen gefangen haben.«
»Der Amazonas liegt aber nicht in Australien.«
»Ich weiß.«

»Oh, Punkt eins. Verstehe. Es gibt doch aber auch andere Wege, Männer kennenzulernen.«
»Ja, ja. Ich habe auch schon auf Kontaktanzeigen geantwortet, wenn du sowas meinst.«
»Hast du?«
»Ja, so habe ich meinen letzten Ehemann kennengelernt.«
»Du warst verheiratet?«
»Ja. Mit:

> rüstiger Rentner, achtundsechzig, sucht schlanke, vorzeigbare Frau für Haushalt und Geborgenheit. Führerschein und EFH vorhanden. Ich liebe die Natur und natürliche Frauen. Habe Jagdschein.

»Aber du bist geschieden?«
»Verwitwet.«
»Das tut mir sehr leid.«
»Das ist in Ordnung. Ich habe immerhin geerbt.«
»Krass. Warum hast du das denn alles nicht erzählt?«
»Mein Therapeut sagt immer: »Bianca, rede nicht immer so viel über dich und gib so viel über dich preis. Du öffnest dich zu schnell.«
»Bianca? Ich denke du heißt Anne.«
»Davon bist du ausgegangen. Ich wollte dich nicht gleich zu Beginn korrigieren. Denn

Punkt sieben: Männer mögen es nicht, korrigiert zu werden.

»Ich bin fassungslos. Du hast wirklich schlechte Erfahrungen in deinem Leben gemacht, oder?«
»Ach Ben. Es ist ein weites Feld.«

Wenn ich könnte, würde ich null Sterne geben!

Rezensieren für Fortgeschrittene

#Folge 10 - Rosa Faschingskleid

★ ☆ ☆ ☆ ☆

Barbie at his best geht gar nicht

»Geschmackssache!wer auf pink steht! Ich trage lieber auch gerne mal ein beige!«

Ich weiß nicht, wie ich es sagen soll, Hannes!...warum, also, kaufst du nicht einfach!....was naja!....BEIGES!!!

Trish & Greg

Am vierundzwanzigsten Zwölften ist es wieder soweit. Die christliche und atheistische Welt feiert die Geburt ihres Erlösers, Jesus Christus, Sohn Gottes. Und wie kann man diesem Tag besser huldigen als mit dem Konsum sämtlicher Liebesfilme da draußen. Die besinnlichste Zeit des Jahres lädt ein zur Selbstreflektion, zur Dankbarkeit, zum Träumen, aber vor allem zum Wünschen. Und was wünscht sich Mensch mehr, als die echte, wahre, dauerhafte, tiefe, schmetterlingsgleiche Liebe?

Die klassische Romanze folgt ja immer einem ganz bestimmten Schema. Zwei Menschen heterosexueller Orientierung aus unterschiedlichen, hierarchisch weit auseinanderklaffenden Schichten, wie Senior Content Manager und Junior Social Media Managerin, treffen sich unverhofft. Bei dieser schicksalhaft anmutenden Koinzidenz fällt einem von beiden etwas aus der Hand, das Flecken auf vorzugsweise weißen Hemden oder Blusen hinterlässt. Die befleckte Person ist schockiert, die verursachende Person hingegen tut ihr Bestes, das Malheur mit einem Taschentuch noch tiefer in den Stoff zu reiben. Danach gehen sie getrennter Wege, führen einen inneren Monolog über die Impertinenz und Arroganz des anderen, nur um sich zwei Szenen später zufällig bei einer Vernissage, gut ausgeleuchtet, in Abendröte und High Heels zu begegnen. Sie frotzeln, sie beleidigen, sie stolpern, trinken Champagnershots und verabscheuen sich nach außen, innerlich schmachtend jedoch, wissend, dass sie sich auf immer und ewig an den anderen binden möchten.

Es folgen romantische Tagesausflüge, süße, mehlbestäubte Backabenteuer und viele Hihi-hör-doch-auf-das-kitzelts. Nach der unvermeidlichen Schneeballschlachte, bei der einer ungeschickt auf den anderen plumpst, folgt der erste vorsichtige Kuss, der in orgiastischem Geschlechtsverkehr mündet, bei dem die Frau jedoch niemals den BH auszieht. Alles scheint perfekt. Die Sterne leuchten hell, die Sonne lächelt nur für die beiden, Vögel tirilieren. Nichts kann mehr schiefgehen.

Doch dann, dödödöööööö, treten der heißblütige Verflossene, mit dem man im wahrsten Sinne des Wortes, Pferde gestohlen hat oder die eineinhalb Kilo leichtere Ex-Freundin, die damals der Karriere wegen mit dem besten Freund geschlafen und jetzt eben jene Karriere in den Sand gesetzt, sich aber geändert hat, auf den Plan. Sie erinnern an die wundervollen Momente, schwören, sich gebessert zu haben, beugen sich nach vorn, um einen Kuss unserer Protagonisten zu erheischen, der allerdings im Begriff ist, abgewehrt zu werden, DOCH die Ablehnung kommt zu spät. Denn die Person ihrer Träume sieht jenes eben beschriebene küssliche Drängen und die gerade noch so zauberhafte Zuckerwattewelt verpufft, verklebt, kommt mit Speichel in Berührung.

Da Kommunikation das Missverständnis viel zu schnell beheben könnte, findet die glücklicherweise nicht statt und die zwei Protagonisten laufen gebrochenherzig, den Tränen nah, vorzugsweise durch den Central- oder Hyde Park, um den letzten Dolchstoß durch 387 ihnen entgegenkommende Pärchen zu spüren.

Nun ist es an der Zeit für DIE Nebendarstellenden Nummer eins. Die naive, pummelige, beste Freundin Trish und Greg, best Buddy und IT-Nerd, sowie Ben&Jerry's Eiscreme und Maker's Mark Whiskey. Alle spenden gute Ratschläge, Taschentücher, Fistbumps und die Gewissheit, dass Trish und Greg immer unattraktiver bleiben als unsere Hauptdarstellenden.

Während dieser Tränen- und Selbstmitleidsmassaker klären Trish und Greg dann aber irgendwie aus Versehen das kommunikativ unangetastete Missverständnis auf, weil sie beiläufig ein Gespräch auf Leitung vier mitgehört haben, in dem ganz klassisch einer der Protagonisten in einem Wutanfall Herrn Heißblut oder Frau Karriere zum Teufel schickt. Verabschieden wir uns an dieser Stelle von Trish und Greg, denn wir werden sie erst in den Outtakes wiedersehen.

Zu guter Letzt wird ein Flugzeug dramatisch und ungesetzlich Richtung neue Jobmöglichkeit erfolgreich aufgehalten. Man küsst sich, dass Flugpersonal klatscht frenetisch, Schnee fällt im Terminal. Die Credits rollen und Black.

Jemand weint vor dem Fernseher. Die Fernbedienung wird schniefend in die Hand genommen und mit einem sehnsüchtigen Seufzer gleitet der Finger zur Off-Taste. Sentimentales Glücksgefühl als auch Wehmut, diese prächtige Art der Liebe noch nie erlebt zu haben, machen sich breit.

Doch diese Romanzen sind schwerlich als Liebesfilm zu bezeichnen. Passender scheint mit Verknalltheitssymptom, Fallin-in-love-but-not-for-long-movie oder Begierde-FSK-12-Bildmaterial. Ein wirklich realer, liebesdurchdrungener Streifen würde wohl weniger ekstatische Reaktionen hervorrufen.

Unsere zwei Hauptdarstellenden befinden sich auf Stino-gemischte-Freundeskreis-Party.
»Oh, hallo Lisa. Schön, dass du es geschafft hast. Das ist übrigens Paul, mein Kollege aus´m Reifenhandel. Der ist da Buchhalter.« Und nach dieser wenig glamourösen Vorstellung beginnt unsere Liebesgeschichte.

»Hallo Paul!«
»Na Lisa, magste auch gleich ´n Sterni?«
»Joa klar, danke!«

Sie stoßen an, trinken, plauschen, lachen sogar, kleckern höchstens auf dunkle Pullis und verabschieden sich mit mutigem Wangenbussi, weil das sechste Sterni doch ziemlich knallt. Am nächsten Tag im geschmacklos betassten Büro des Reifenhandels fragt Paul seinen Kollegen nach Lisas Nummer und diese anschließend nach einem Weihnachtsmarkt-Date. Lisa sagt natürlich zu. Sie treffen sich, stoßen an, trinken, plauschen, lachen wieder und Paul gibt Lisa noch einen Glühwein aus. Als unabhängige Frau legt Lisa natürlich ein Veto ein, lässt ihn dann aber doch bezahlen, weil das eigentlich super süß von ihm ist, was sie gerade mit ihrer besten Freundin auf WhatsApp bespricht, während er in der Schlange steht und wartet. Paul schickt ihr im Anschluss noch eine Freundschaftsanfrage auf Facebook. Am nächsten Tag verabreden sie sich im Messenger für einen Kinobesuch am Abend, Paul bringt Lisa nach Hause, die beiden küssen sich und haben Sex. Ohne BH.

Acht Monate gehen ins Land, sie ziehen zusammen und Szenen des Dekorierens, Einkaufens, Kaffeetrinkens und Senfgurkenglasöffnens folgen. Alles im Jogger. Die Schlussszenen sind ein Potpourri aus kleinen Streitereien, Einkaufslisten, Kuscheleinheiten mit fettigen Haaren und im dritten Teil mit Babynahrungszubereitung.

Black. Keine Credits, außer an Pauls Kollegen, weil er die beiden einander vorgestellt hat.

Diesmal weint niemand, keiner schnieft. Aber es schmachtet auch niemand. Unaufgeregte Realitäten möchte man nicht verfilmt sehen. Realitäten möchte man entfliehen. Egal, wie großartig sie eigentlich sind. Denn sie könnten noch viel großartiger sein. Der Alltag langweilt, reizt nicht, weckt im Schnitt eher kleine Emotionen, die einfach so hingenommen werden und deshalb verpuffen.

Wir wollen Central-Park-Filme. Wir brauchen Central-Park-Filme. Denn sie vermitteln uns eine Utopie, die es so nicht gibt. Genau wie unsere Verklärtheit an Weihnachten. Die Familie kommt zusammen, alle Streitereien des Jahres sind vergessen, man reißt sich drei Tage zusammen, weil zu Jesu Geburt auch alle lieb zueinander waren und man schaut Filme, die genau dieses Gefühl transportieren. Bis ein verräterischer Kuss alles zerstört.

Wenn ich könnte, würde ich null Sterne geben!

Rezensieren für Fortgeschrittene

#Folge 11 - Wasserpistole

★ ☆ ☆ ☆ ☆

Abzocke

»Pure chinawahre beim schißen ist die waffe kaputtgegangen und es wird Zeit dass wir sowas beenden #vegan :D Pop lol«

Danke Anita! Danke für einen der wenigen Sätze, die auch mit Satzzeichen gar keinen Sinn ergeben würden.

Es wird Zeit

Liebe Spielkameradinnen und Spielkameraden. Es wird Zeit, dass sich etwas ändert! Unsere Partei hat sich den wirklich wichtigen Dingen verschrieben. Wir kämpfen für euch, für uns, für eine bessere Zukunft.

Jaaaaa!

Wir kämpfen für sichere Spielplätze mit Sandkastenspielzeug für alle!

Jaaaa!

Wir kämpfen für genügend Kita-Plätze auch für unsere potenziell zukünftigen Geschwister.

Was heißt potenziell?

Das heißt, dass es die noch nicht gibt und deine Eltern erst Sex machen müssen!

Was heißt Sex machen?

Das ist, wenn deine Eltern sich ganz doll küssen!

Ihhhhhh....KÜSSEN!!!

Für kostenlose Bärchenwurst auch über das zehnte Lebensjahr hinaus.

Jaaa!

Uuund wir kämpfen für unser geliebtes Fernsehprogramm am Sonntagmorgen!

J....Hä? Warum?

Weil Teile unserer geliebten Fernsehkultur einfach wegsterben.

Waruhum?

Weil auch Teile der gesamten Welt wegsterben.

Oh....

Der kleine Maulwurf beispielsweise : Durch die immer weiter voranschreitende Bodenversiegelung wegen neuer Parkplätze und Schottergärten hat der seit Jahren keine Sonne mehr gesehen. Der schmeißt hin.

Aber der war doch Zwanzigzwanzig noch Wildtier des Jahres.

Ja schon, aber den Preis hat er gar nicht mehr angenommen. Damit protestiert er für alle Tiere im Showgeschäft. Deshalb fordern wir die Errichtung eines Maulwurfshügels pro Quadratmeter versiegelten Boden.

Jaaaaaa.....aber...aber wer soll das bezahlen?

Ich bedanke mich für diese Frage. Unsere nächste Forderung ist nämlich die Einrichtung eines Umweltfonds zum Erhalt der natürlichen Lebensräume von Zeichentricktieren durch die gezahlte Reichensteuer von beispielsweise Dagobert Duck. Es kann nämlich nicht sein, dass der all sein Gold genommen hat, das er durch die Ausbeutung anthropomorphen Geflügels verdient hat, um Richtung Mars zu machen, damit er steuerfrei leben kann. Seine Neffen Tick, Trick und Track hat er jahrelang wie Treck behandelt und die wissen jetzt nicht wohin...

Aber kann Donald Duck nicht auf die drei aufpassen?

Der ist bei Telegram abgetaucht organisiert den Widerstand gegen die Einschränkungen durch die Vogelgrippe. Denn er glaubt, dass hinter der Abschaffung von Massentierhaltung zur Eindämmung von Krankheiten wie eben der Vogelgrippe und der sich dadurch erholenden Biodiversität, nur eine Verschwörung des Imkerverbandes steckt. Er ist der Meinung, dass gefährdete Arten, wie Biene Maja, selbst für ihr Aussterben verantwortlich sind.

Was ist mit Biene Maja?

Den Produzent*innen gehen die Darstellenden aus. Die casten mittlerweile Fliegen und ziehen denen geringelte Fatsuits an. Deshalb fordern wir freien Zugang zu Bildung für jeden Menschen und jede Ente.

Mrh, Mrh...*hüstel*

Ja?

Können wir uns bitte ein bisschen beeilen? Ich soll nämlich zum Mittag zu Hause sein.

Natürlich. Aber wissen Sie, wer zum Mittag auf keinen Fall zu Hause ist? HEIDI!

Warum?

Burnout. Die arbeitet jeden Vormittag im Kohlenwerk, weil sie Geld verdienen muss. Für sich und ihren Großvater. Die beantragte Pflegestufe hat er nämlich immer noch nicht und will partout nicht von seiner Alm runter.

Kann der Geißenpeter ihr nicht helfen?

Der war Influencer und ist bei dem Versuch eines Gipfelselfies tödlich verunglückt. Deshalb fordern wir bedarfsgerechte Alterslösungen, damit unsere Großeltern auf uns aufpassen können und nicht umgekehrt. Aber um Ihr Mittagessen nicht zu gefährden, beeile ich mich mit dem Rest.

Wir fordern die Befreiung der Teletubbies, die in Russland aufgrund homosexuellen-freundlicher Propaganda im Gefängnis sitzen. Berichten zu Folge sitzen sie in einer Zelle neben Bibi Blocksberg. Die hat sich nämlich ihre Doktorarbeit gehext und dabei das Quellenverzeichnis verschusselt. Und noch eine Zelle weiter sitzt Otto. Der allerdings zurecht, da er Benjamin Blümchen brutal abgemurkst hat, nachdem er erfahren hat, wieviel Elfenbein auf dem Schwarzmarkt bringt. Daraus schlussfolgernd fordern wir, dass gleichgeschlechtliche Paare dieselben Rechte haben wie alle anderen, nur noch wahre Verbrechen verfolgt werden und die Verbreitung des Hashtags #FreeBibi. Die Sitzung ist hiermit geschlossen und wir schaffen es nicht nur alle rechtzeitig zum Mittag, sondern sogar noch zur Sendung mit der Maus. Da gibt es nämlich einen Armin, der uns die Probleme der Welt erklärt und nicht über sie lacht.

Wenn ich könnte, würde ich null Sterne geben!

Rezensieren für Fortgeschrittene

#Folge 12 - Küchenmaschine

★ ☆ ☆ ☆ ☆

»Null null null Qualität

Wenn ich könnte, würde ich Null Sterne geben!«

ZITATE VON MIR MUSST DU KENNTLICH MACHEN, HELMUT!!1!11!

Alles top, immer wieder gerne, vier von fünf Sternen

Vier von fünf Sternen. Vier von fünf. Wohooo. Besser geht´s nicht. Besser geht´s in Deutschland einfach nicht. Richtig gut!
Wir lieben unsere Bewertungsskalen. Am liebsten bewerteten wir von früh bis spät.

Da hat sie sich bei der Geburt aber angestrengt. Keine Schmerzmittel, trotz der vielen intimen Verletzungen und immer noch eine Top-Haltung. Das gibt acht von zehn Punkten in der B-Note. Ah, ah, ah. Aber dass dieses Tragetuch benutzen?! Die natürliche Spreizfähigkeit des Babies wird hier massiv untergraben und außerdem ist es hässlich und beißt sich mit der Farbe des Stramplers. Da kann ich ihr leider nur einen Punkt für geben. So schade.

Bewerten macht so einen Spaß. Man fühlt sich direkt besser und erhabener. Und weil es so guttut, haben wir da eben mal ein ganzes Genre draus gemacht.

Das Bœuf Stroganoff hat sie toll mariniert. Das war eine regelrechte Geschmacksexplosion. Und dieser pommes-de-terre-Trüffelauflauf. Da erzähle ich meinen Enkelkindern noch von. Also handwerklich und geschmacklich war das das perfekte Dinner. Ich gebe sieben von zehn Punkten.

»Von der Karin gab es sieben Punkte, Melanie. Was denkst du?« »Das ist voll lieb von der Karin. Ich selbst hätte mir auch sieben Punkte gegeben. Voll richtig. Wir mögen uns halt alle hier. Is´ne tolle Runde!«

Wenn das an Spaß noch nicht ausreicht, kann man sich einfach drei fremde Frauen zur eigenen Hochzeit einladen, um den schönsten Tag im Leben so richtig fetzig skalierbar zu machen.

Na, die haben alle getanzt und so. Der Saal, der war so überprunkvoll. Fast zu viel. Und nach dem tollen Programm, wollten die gleich, dass ich mich inti…, inte…, die wollten, dass ich mit tanze. Aber ich hatte Kopfschmerzen. Deswegen für die Stimmung ganz lieb gemeinte vier von zehn Punkten.

»Die Denise hat vier Punkte gegeben, obwohl es ihr so mies ging. Ich find´ das super lieb von ihr. Einfach ´ne Super-Gastbraut.«

Wenn das immer noch nicht reicht, können sich geneigte Zuschauende diese Serien auch kostenlos im Internet anschauen und kommentieren. Das ist zwar noch toxischer, aber noch viel intensiver.

Also das Hochzeitskleid sieht aus, wie schon einmal getragen und macht voll unvorteilhafte Speckrollen!

Trüffel ey, abartig. Was ich nicht aussprechen kann, esse ich auch nicht.

Boah Digga, guck mal! N´ Dammriss!

»Ach das Internet. Da kann man noch frei von der Leber weg kommentieren. Da kann man mal Klartext sprechen. Sonst wird einem ja überall der Mund verboten in dieser in sich zusammenfallendes Pseudo-Demokratie. Die Meinungsfreiheit wird hier doch mit Füßen getreten. Das wird man ja wohl noch mal sagen dürfen. Und deswegen habe ich auch dieses YouTube-Video hier hochgeladen, damit ihr eure Meinung mal darunter kommentieren könnt. Lasst doch gerne ein paar Likes da. Bussi, euer Harry.«

Und genau das ist es doch, was wir eigentlich wollen und brauchen. Zustimmung, Zuneigung, Likes. Die bekommen wir allerdings viel zu selten. Googelt man das Wort »Shitstorm« gibt es bei Google rund vier Millionen Treffer. Gibt man hingegen das Wort »Lovestorm« ein, macht die Autokorrektur erst einmal »Lastwagen« draus.

Aber es gibt zig Studien darüber, dass es unserer Verfassung höchst zuträglich wäre, wenn wir mehr Bestätigung erführen. Wenn man dem Busfahrer morgens sagen würde, wie fluffig, aber dennoch bestimmt er das Lenkrad geradezu dirigiert – Schwupps, weniger Kaffeeflecken auf Grund von aggressiven Vollbremsungen auf dem Weg zur Arbeit.

Wir Menschen brauchen anerkennende Worte und Rücksichtnahme, da wir eben keine Maschinen sind, dringend. Aber du blickst ja direkt deiner Kündigung ins Auge, wenn du den Dreißigtausend-Euro-Aktenschredder geschrottet hast, weil du vergessen hast, die

Tackernadel im Vorfeld zu entfernen. Es klopft dir aber niemand ob deiner im Vorfeld bombenfest geleisteten Tackerarbeit auf die Schulter.

Wir weisen uns nur zu gerne auf unsere Verfehlungen und Makel hin. Nichts gönnen wir den anderen, aus Angst, dass die besser sind als wir selbst. Aber was ist denn so schlimm daran, einfach mal zuzugeben, dass jemand besser tackert, besser Bus fährt oder besser gebärt als man selbst. Wir sollten positiver sein.

Ich beispielsweise war immer neidisch auf Menschen, die keine Brille brauchen. Aber heute sehe ich ein, dass die Brille meinem Mondgesicht wenigstens ein bisschen Kontur verleiht. Auch der Fakt, dass ich immer Locken haben wollte, wird dadurch relativiert, dass ich gerne lange schlafe und morgens gar keine Zeit hätte, diese Biester zu bändigen. Und schlussendlich dieser Buckel. Ja, der ist lästig. Aber ohne ihn wäre ich einen Meter siebenundachtzig und das ist für Frauen in unserer Gesellschaft oft recht hinderlich. Also macht er mich mega glücklich.

Mich stört es auch in keinster Weise, dass meine Kollegin eine Beförderung trotz desaströser Faulheit und Unterqualifikation erhalten hat. Dann bekommt sie wenigstens einen neuen Schreibtisch. Gönn ich ihr hart!

Ich meine, ich schufte ohne Ende, versuche, es jede/m recht zu machen und jedwede Aktenschredderbeschädigungen durch Tackernadeln zu vermeiden. Wird es mir gedankt? Nein. Aber hey, wer braucht schon Anerkennung? Ich nicht, nein. Ich bin mir selbst genug. Und ich verteile trotzdem brav weiter Komplimente. Erhalte ich welche? Safe nicht!!

Und genau so ist es doch. Leute, die alles verdient haben, bekommen nichts, nada, niente, **ничего такого**. Ja, ich spreche russisch. Trotzdem keine Beförderung, keine kostenlosen Laserbehandlungen, keine Schulterklopfer. Alles, was wir bekommen, sind sieben Scheiß-Punkte beim Perfekten Dinner.

Und nein Karin, deine sieben Punkte waren nicht OK, nachdem du vier Pfund Fleisch und sämtliche Beilagen bereits riechend in dich aufgesogen hast und dir die Soße für den Heimweg heimlich in die Tasche träufeltest. Und Denise, wenn du das nächste Mal auf eine Hochzeit gehst, nimm Ibuprofen mit und es heißt integriert, du Stumpfnuss. Und zum allerletzten Mal:

MEIN DAMM GEHÖRT MIR!

Wenn ich könnte, würde ich null Sterne geben!

Rezensieren für Fortgeschrittene

#Folge 13 - Norwegerpullover

★ ☆ ☆ ☆ ☆

Naja

»Farbe Komplet anderst wie auf dem Bild! Leider nicht das erste Produkt das anderst kommt wie bestellt!Also anderst wie abgebildet!«

Da kann der Chris eben nicht anderst wie sauer sein.

Entlang der B Sechsundneunzig

Ein Container in Löwenberg mit den Ausmaßen eines durchschnittlichen LKW'S steht am Rande einer verlassenen, nebligen Straße, daneben ein Rapsfeld. Biggi's Blumenparadies prangt in großen Lettern auf dem Schild darüber. Ein Meter entfernt noch ein Container derselben Bauart. Hier hat man allerdings den Namen des Etablissements in das Blech hineingestanzt und mit einer Lichterkette pfiffig verziert. Ralles Brutzelbude hat noch geschlossen.

Ein Auto kommt vorgefahren... aus dem Nichts, tiefergelegt, 2 Auspuffe, glitzernd pink, mit etwas klebrigem Reh am Spoiler. Eine Frau und ein Mann steigen aus, geben sich einen halbherzigen Kuss und schließen die beiden Container auf.

Ein paar Minuten später glüht nicht nur der Grill, sondern auch das angelaufene Blech drumherum. Nebenan stehen jetzt Blumenkübel, deren Inhalt aussieht wie das gejätete Unkraut aus dem Rapsfeld im Hintergrund.

Der schwache Geruch von Tulpen vermischt sich mit dem von Fett und billigem Dosenbier. Als der Nebel sich langsam lichtet, hält ein Laster neben Ralles Brutzelbude, in dessen Frontscheibe »I love Boobs« eingelasert ist. Ein schmerbäuchiger Mittfünfziger steigt schnaufend aus, lässt seine Hosenträger verführerisch schnalzen und streckt sich erst einmal stöhnend. Er stapft Richtung Containeröffnung:

»Ralle, mein Bester. Eine auf die Hand mit richtig schön Sempf. Nimm ne kurze dicke, damit kenn ich mich aus.«

Ralle reicht ihm die Wurst mit einem Grinsen.
»Na Klaus, wo fährste heute noch hin?«
»Ach nirjens, ich fahr dat Ding noch schnell zurück und dann Feierabend. Und bei dir?«

»Na auch nischt. Hier kommt ja keener lang, außer die üblichen Verdächtigen. Und manchmal hier so Polen, aufer Durchfahrt. Denen könnt ick aber och Schmieröl uffe Wurst machen, merken den Unterschied ja eh nich. Aber kannste ja nischt jegen machen. Da sach ick nur. Danke Merkel, wa.«

»Da haste Recht. Wenn se se dir überhaupt bezahlen, die Klauschweine. So, ich muss wieder. Gib Biggi n Klaps offn Arsch von mir.«

Ralf nickt und schüttet mehr Bier auf den Grill.
Im selben Moment betritt eine ältere Dame das Blumenparadies.

»Könnse mir n' Strauß zusammenstellen? Seit dem se uns die Bushaltestelle weggenommen haben, muss man ja auch erst mal n' Kilometermarsch hinlegen, um irgendwo hin zu gelangen. Oder der Mann fährt mich mitm Auto. Aber bei den Benzinpreisen.«

»Mit Schleierkraut?«

»Ja, aber nich zu viel. Ich will ja nich mehr für grün bezahlen als wie für alles andere. Dit sieht mein Mann im Haushaltsbuch, da isser jenau.«

Eine zweite Frau sucht sich zusammen mit ihrer Tochter ein bereits fertig gebundenes Sträußchen aus, bezahlt und verlässt den Container wieder.

»Ham 'se dit jesehen? Wieder eine von denen, wieder so 'ne Vermummte. Dit hätts früher nich jegeben. Die kommen ja in Scharen, aber kannste ja nischt jegen machen. Die ham zu Hause jarantiert nischt zu melden, nischt. Ick hab jehört, wenn die nich spuren, schneidet man denen die Ohren ab, deswegen tragen die dann sowas.«

»Ja, ja. Dit sacht mein mann och immer. Wir können ja froh sein, dat wir sowas nich anziehen müssen. Dit kostet ja auch, hab ick mir sagen lassen. Also bei Lidl im Angebot gab 's dit noch nie.«

»Noch nich, noch nich. Dit kommt bestimmt och noch. Aber ick lass mir von meinem Mann nischt sajen und die Ohren abschneiden lassen, tu ick mir och nich.«

»Gisela, kommst du endlich. Ick sache dir, du sollst nich immer so lange schwatzen.«

Der Nebel verdichtet sich wieder. Birgit steht jetzt vor ihrem Container, winkt ihrem Mann kurz zu und steckt sich eine Zigarette an.

»Wie lang machstn noch?«

»Von mir aus kömmer los.«

Sie schließen ab, setzen sich ins Auto und fahren Richtung Raps.

21.06.1975, Zittau

»Wir bedanken uns herzlich für die zahlreichen Glückwünsche zur Geburt unseres Sohnes Ralf Schmidkowski am 14.06.1975.«

30.09.1989, Prag

»Wir sind heute zu Ihnen gekommen, um Ihnen mitzuteilen, dass heute Ihre Ausreise...«

31.05.1991, Bochum

»Sehr geehrte Eheleute Schmidkowski,
leider müssen wir Ihnen erneut mitteilen, dass sich ihr Sohn Ralf immer noch schwer tut, einen Zugang zu seinen Mitschülern zu finden. Oft ist er für sich und konnte keinerlei Freundschaften schließen. Besondere Schwierigkeiten hat er mit Tarik Yilderim, mit dem es schon häufig zu körperlichen Auseinandersetzungen kam. Da Sie beide Vollzeit berufstätig sind und daher anscheinend zu wenig Zeit haben, sich entsprechend um Ihren Sohn zu kümmern, wollte Sie die Schulleitung darüber informieren. Gerne stehen wir für Rückfragen zur Verfügung.«

27.07.1991, Hoyerswerda

»Sehr geehrter Herr Schmidkowski,
wir freuen uns, Ihnen mitteilen zu dürfen, dass Sie Ihre Ausbildung zum Koch ab dem 1.9. bei uns absolvieren dürfen.«

18.09.1991, Sächsische Zeitung Hoyerswerda, Titelseite

»Am 17. September 1991 griffen mindestens acht überwiegend jugendliche Neonazis auf dem Marktplatz von Hoyerswerda vietnamesische Händler an.«

Seite Zwölf

»Hallo, mein Name ist Birgit und ich bin fünfzehn Jahre alt. Ich mache eine Ausbildung zur Frisöse und bin sehr schlank. Ich suche einen sportlich aktiven, leidenschaftlichen, tierlieben, handwerklich begabten jungen Mann. Wenn du dich angesprochen fühlst, dann melde dich doch bitte.«

»Bist du Ralf?«
»Ja. Du musst Birgit sein. Schön, dich kennenzulernen. Wo kommst du denn gerade her, du bist so schön braun.«

»Ich war mit meinen Eltern auf Rügen. Da fahren wir ganz oft hin. Ich war zwar schon in Italien und Frankreich, aber auf Rügen gefällt es mir am besten, Da will ich irgendwann leben, das ist mein absoluter Traum.«

»Oh ja, meiner auch. Aber ich war auch schon im Ausland. 89 in Prag.«

Von Zittau bis nach Rügen sind es fünfhundertzwanzig Kilometer auf der BSechsundneunzig. Über Berlin, wo Merkel regiert, vorbei an Templin, wo Merkel aufgewachsen ist, bis zum Landkreis Vorpommern-Rügen, wo Merkel gewählt wird. Mitten durchs Leben von Ralle und Biggi. Fünfhundertzwanzig Kilometer quer durch Ostdeutschland. Hier staut sich kein Verkehr, nur Frust und Unzufriedenheit. Tristesse, Einöde und verfallene Gebäude zieren den Weg. Was damals »American Whirlpools« war, ist heute Thor Steinar, Gourmetküche, Ralles Brutzelbude und paradiesisch ist nur Biggis überflüssiges Apostroph.

Auf dem Weg nach Rügen sind nicht nur viele Fahranfänger, sondern auch Träume gestorben. Die Resignation wird auf halbem Weg in Lichterketten eingefangen und mit Senf serviert. Zweihundertfünfundfünfzig Kilometer vor der paradiesischen Vorstellung der eigenen Jugend, wurden die Ideale gestreckt und im Rapsfeld liegen gelassen. Wer sie findet, sollte sie vom Rost befreien, schärfen und nach Rügen tragen. Denn das ist es, was an einem

30. September, 1989 in Prag

»...möglich geworden ist.«

Wenn ich könnte, würde ich null Sterne geben!

Rezensieren für Fortgeschrittene

#Folge 14 - Hanteln

★ ☆ ☆ ☆ ☆

.....

»Nicht so handgreiflich leider, viel zu robust«

Als Hanteln uns früher noch attackiert haben, war einfach alles besser.

Wenn Träume wahr werden

Immer weniger Menschen wollen in Supermärkten oder an Tankstellen arbeiten. Dieser Sektor scheint so unattraktiv zu sein, wie kaum ein anderer Job. Berufe mit Prestige sind gefragt, wie Anwalt, Ärztin oder Steuerprüfer. Oder Berufe, in denen man super sein kann, wie das Supertalent, Supermodel, Superkoch oder Superhändler.

Oh wait….

-------------------------- Power on --------------------------

Was bisher geschah…

»Und? Wie war's?«

»Das war so krass. Das war der absolute Wahnsinn.«

»Hat es sich so angefühlt, wie du vermutet hast?«

»Besser. Viel besser. Oh Gott.«

»Fließen da etwa ein paar Tränchen?«

»Ich glaube schon. Das war einfach mein absoluter Traum. Seit immer. Das war so eine Ehre mit ihr zusammenarbeiten zu dürfen. Ich kannte das ja nur von der anderen Seite. Und da sah es schon so so gut aus, was sie da tut. Aber die macht das in echt noch viel viel anmutiger.«

»Und hat sie dir auch was beigebracht? Konntest du was lernen?«

»Ja, mega viel einfach. Sie ist ja quasi wie die Mama von uns geworden. Wir haben eigentlich alle einfach versucht, ihr gerecht zu werden, aber das schafft voll gar niemand. Ich meine, sie hat es geschafft.

Die ist seit 30 Jahren in diesem Geschäft. Eine wahre Legende. An der Kasse.

Ich hätte nie gedacht, dass Margarete Grosowski mir wirklich mal das Kassieren oder Regaleinräumen beibringt. Egal, ob ich eine Runde weiterkomme oder nicht, es war eine einmalige Erfahrung.«

»Und wie ist die Konkurrenz?«

»Ich gönne es echt jedem anderen auch. Da sind so viele Talente dabei. Die sehen alle so wunderschön aus, wenn sie die PLUs eingeben. Manche kennen sogar schon die PLU von der Gurke und dem Joghurt auswendig. Die haben schon als sie jünger waren, immer mal kleinere Jobs auf vierhundertfünfzig Euro Basis gemacht. Und das merkst du halt voll.«

Heute ist es wieder soweit. Willkommen zur dritten Staffel Deutschland sucht den Super-Kassierenden. Hier werden, wie wir gerade noch einmal gesehen haben, Träume wahr. Jede Woche treffen unsere Teilnehmenden Größen aus der Branche. Ob Kassen-Legende bei Galeria Kaufhof Margarete Grosowski, preisgekrönte Scannerbedienung Alfred Liebel an der Self-Checkout-Kasse oder Wischmopp-Queen Ursula Porsch in Gang acht. Unsere Kandidatinnen und Kandidaten lernen hier nur von denen, die es bereits geschafft haben. Tausende haben sich auch dieses Jahr wieder beworben. Alle mit demselben Ziel: Get Cash – Give Change. Letzte Woche hat unsere Expert*innen-Jury Nathanael, Marlies und Jürgen ihre Quittung gegeben. Hier sehen Sie noch einmal die dramatischen Szenen.

»Und heute ist schon der fünfte *Abend der Abrechnung*. Ihr habt auch diese Woche wieder alles gegeben. Linda, bei dir ist die ganze Ware über dich hinausgewachsen. Im wahrsten Sinne des Wortes. Du hast nämlich den Gabelstapler-Führerschein gemacht. Aber lass dir das nicht zu Kopf steigen. Du bist eine Runde weiter und bekommst den besten Preis. Nun zu dir Manuel. Du hast dich diese Woche nur mit Pudding bekleckert, aber nicht mit Ruhm. Ob es für dich auch für den besten Preis reicht oder ob du deine Quittung bekommst? Du wirst es gleich erfahren. Begib dich bitte auf den Sonderposten. Nathanael, Marlies, Jürgen und Sabine. Ihr seid die letzten. Nathanael, du weißt immer noch nicht, wo die zuckerreduzierten Granolas stehen. Marlies, beim Bon-Wechsel brauchst du leider noch zu lange, Jürgen, es ist schon wieder ein Kunde über deine Paletten gefallen und Sabine. Sabine, Sabine, Sabine. Was machen wir nur mit dir? Bei dir läuft einfach immer alles wie am laufenden Warenband, dich kann kein Warentrenner stoppen und auch auf unserer tückischen Ölspur, die wir in Gang sieben hinterlassen haben, bist du nicht ausgerutscht. Du bekommst selbstverständlich den besten Preis. Und Manuel. Du hast noch einmal Glück gehabt. Du kannst vom Sonderposten runterkommen. Aber pass nächste Woche auf, dass du nicht zum Restposten wirst und für deine Leistungen eine *Quittung* bekommst.«

Puh, das war ganz schön aufregend letzte Woche. Und auch heute haben wir uns wieder eine ganz besondere Challenge für unsere Kandidat*innen ausgedacht. Wir haben heute eigenartigerweise ganz viele Kund*innen eingeladen, die der felsenfesten Überzeugung sind, dass das Pfund Kirschen im Angebot ist. Der Twist ist nur: das haben wir uns aus-

gedacht. Es gibt keine Kirschen im Angebot. Um genau zu sein, gibt es gar keine Kirschen. Mal sehen, wie unsere Teilnehmenden mit dieser Ausnahmesituation umgehen.

Sabine

»Entschuldigung junge Frau. Arbeiten Sie hier?«

»Ja. Wie kann ich Ihnen helfen?«

»Also junges Fräulein, hier steht, dass Kirschen im Angebot sind. Ich finde aber keine Kirschen. Wo sind denn die Kirschen?«

»Soweit ich weiß, haben wir momentan gar keine Kirschen.«

»Es steht doch aber hier im Angebotszettel. Ich stehe seit halb acht vor der Tür, weil ich der Erste sein wollte und jetzt sagen Sie mir, dass es keine Kirschen gibt?«

»Warten Sie mal bitte, ich schaue nach.«

»Na, aber ein bisschen Beeilung, ich esse nämlich gerne Kirschen. Sonst gehe ich woanders hin, junges Fräulein.«

»Ich finde wirklich keine. Es tut mir sehr leid. Könnte ich den Angebotszettel mal sehen?«

»WOLLEN SIE MICH ALS LÜGNER HINSTELLEN???? Na hören Sie mal. Ich werde mich bei Ihrem Vorgesetzten beschweren.«

»Nein, nein, warten Sie. Ich kaufe Ihnen welche nebenan. Kleinen Moment bitte.«

Manuel

»Ey, ich finde die Kirschen nicht.«

»Wie bitte?«

»Dass in Supermärkten nur Vollidioten arbeiten, wusste ich ja, aber auch noch taube Vollidioten. ICH WILL WISSEN, WO DIE KIRSCHEN AUS DEM ANGEBOT SIND.«

»Es tut mir leid, aber wir haben momentan keine Kirschen im Angebot.«

»Meinem Vater gehört die Ladenkette hier. Und wenn ich Kirschen im Angebot will, beschaffst du mir Kirschen im Angebot. Verstanden?«

»Oh, das wusste ich nicht. Aber selbst wenn deinem Vater jeder Supermarkt auf der Welt gehören würde, könnte ich dir keine Kirschen herzaubern.«

Isabelle

»Ey Kirsche. Ich hab´ gehört, ihr hättet Kirschen im Angebot. Bist du da auch dabei?«

Es ist so schade. Aber Isabelle hat leider eine Quittung bekommen. Körperliche Gewalt können wir nicht tolerieren. Und nach der Werbung geht es weiter mit Deutschland sucht den Super-Kassierenden. In der Zwischenzeit können Sie gerne Ihre Chance nutzen, einen Korb zu bekommen. Einen Präsentkorb voller Leckereien aus unserem Supermarkt. Dazu müssen Sie nur eine Frage beantworten.

Was ist unser Motto?
1.   #ca$hback oder
2.   #ca$hwarren

Viel Glück.
--------------------------- Power off ---------------------------

Wenn ich könnte, würde ich null Sterne geben!

Rezensieren für Fortgeschrittene

#Folge 15 - Thüringer Knackwurst im Kringel

★ ☆ ☆ ☆ ☆

Ich habe meine Thüringer Knackwurst noch nicht gefunden!

Mit großer Freude, aber auch Skepsis habe ich die Sendung der Knackwurst erwartet. Aus Kindertagen und Nachkriegsjahren weiß ich um die unterschiedlichen Geschmäcker der Wurstliebhaber. Im Sommer hatte ich das große Glück bei einem Ferienaufenthalt in Thüringen auf dem Markt in Erfurt bei der Firma Häring die Knackwurst zu finden, die für mich d i e geliebte Knackwurst war. Leider gibt es keinen Versand.«

Ich als Thüringerin kann diesen Schmerz fühlen, Anton! Liebe Knackwurst, melde dich!

BOOM

»Hey du! Wir suchen dich. Genau dich. Du schwingst die Texter-Feder schneller als Mary Poppins ihren Staubwedel, textest unter der Dusche während andere nur schief singen, verwandelst jede Copy, jeden Claim, jede Headline in Platin, weil Gold dir nicht genügt? Dann komm zu uns. Hier gibt´s flache Hierarchien, tolle people und Kaffee, Kaffee, Kaffee. Manchmal auch Schokolade, als Belohnung für die grauen Zellen. Bei uns arbeiten, heißt mit den Besten zusammenarbeiten und von den Besten lernen. Hashtag agencylife.«

»Das klingt doch spitze, findest du nicht?«
»Puh, ich weiß nicht. Nicht, dass das eine Agentur, wie alle anderen auch ist. Du weißt doch, was solche Texte eigentlich heißen.«
»Was denn?«
»Uns ist egal, wer´s macht. Hauptsache gut und günstig. Schokolade brauchst du dringend, um dir ab und an Glücksgefühle vorgaukeln zu können. Du textest nur unter der Dusche, damit keiner deine Tränen sieht und dein Gehalt reicht nicht für Platin, sondern höchstens für eine Nickellegierung. Das mit dem Kaffee stimmt aber. Wir wollen ja nicht, dass du bereits nach zehn Stunden schlapp machst. Hashtag agencylife.«
»Ach Quatsch. Ich bewerbe mich da jetzt.«

»Hey. Ich bin der Torben. Ich bin der CD hier. Toll, dass du zum Bewerbungsgespräch gekommen bist. Wir duzen uns ja alle. Wir sind 'ne richtig dufte Truppe. Hier kann jeder sagen, was er nicht gut findet und dann finden wir gemeinsam eine Lösung. Nicht wie in anderen Agenturen, in denen dir niemand zuhört oder dich ernst nimmt. Aber, ich sehe gerade, du warst ja noch nie in einer Agentur. Hach, ich hatte echt wenig Zeit, mir die Bewerbung anzuschauen. Große Kunden diese Woche, da bleibt manchmal das ein oder andere auf der Strecke. Aber wenn es dir mal zu viel wird, dann sag das und wir finden eine Lösung. Nicht wie in anderen Agenturen, in denen dir niemand zuhört und einfach alles so bleibt wie immer.«

»OK. Also ich…«

»Ach, du hast ja sogar studiert. Was genau ist das denn, was du da studiert hast. Kenne ich ja gar nicht. Und dann bewirbst du dich in einer Agentur? Als Texterin? Wie ist es denn überhaupt dazu gekommen? Ich selbst habe ja auch studiert. Design. Ich wusste eben immer, dass ich mit meiner Kreativität mal die Welt verändern möchte. Meine eigenen Ideen verwirklichen. Also wenn du eine gute Idee hast, immer raus damit. Wir hören uns die an. Nicht wie in anderen Agenturen, wo sie dir nicht zu hören.«

»Schön. Ja, ich habe….«

»Oh warte. Ich habe ja ganz vergessen, zu fragen, ob du einen Kaffee willst. Vielleicht auch noch einen Keks dazu. Wir haben hier nämlich eine Kaffeemaschine mit richtig gutem Kaffee. Manchmal auch Kekse. Wenn welche übrig bleiben nach Kunden-Meetings. Es kommt ja, wie ich finde, immer auf die Bohnen beim Kaffee an. Ich würde auch gerne mal eine Kampagne für richtig gute Kaffeebohnen machen. Aber nur die wirklich guten, weißt du. Die aus der Kapsel, die wirklich noch nach Kaffee schmecken. Was wäre denn so ein BOOM Kaffeebohnen-Slogan?«

»Ähm…also….ich….dürfte….«

»Dufte…«

»Ne, DÜRFTE ich…«

»Oh, »dürfte dufter nicht sein« ist super. Das war ein großer Moment. So werden Awards geboren. Und das passiert bei uns jeden Tag. Nicht wie in anderen Agenturen, in denen man seine Ideen nicht einmal artikulieren darf. Das bringt mich wiederum auf eine Idee. Da du ja noch nie als Texterin gearbeitet hast, kriegst du eine kleine Aufgabe, die du jetzt löst, einverstanden? Nur, damit ich mir ein Bild machen kann. Oder? Was denkst du? Warum sagst du denn nichts?«

»Na, weil ich ja sowieso nicht zu….«

»Der Kaffee. Schon wieder vergessen. Während ich ihn dir hole, denkst du hier ein bisschen drauf rum. Bis gleich. – Und, zeig mal, was du hast.«

»Jetzt schon?«

»Naja, das waren jetzt viereinhalb Minuten. Mehr hast du in der realen Welt auch nicht, um deine Pitchidee zu präsentieren. Diese Minuten entscheiden dann über OOH mit KaDeWe oder winziges POS bei NKD.«

»Was ist denn OOH oder POS?«

»Siehste, das ist dein Problem. Du siehst nicht das große Ganze. Du denkst noch zu kleinteilig. Wir zerlegen hier nicht alle bis ins winzigste Detail wie man es sonst vielleicht von Agenturen kennt. Bei uns geht´s um was. Bei uns geht´s um was Großes. Um the big picture. Um den nächsten BOOM-Slogan.«

»Aha.«

»Sorry, aber du nimmst das alles nicht ernst, oder? Für dich ist das »nur« Werbung!«

»Naja, also…«

»Werbung ist aber mehr. Werbung ist Emotion, Werbung ist »Ich will das«, Werbung ist Leben!«

»Willst du es jetzt hören?«

»Ne, geh noch mal drüber.«

»Aber ich habe es dir doch noch gar nicht…«

»Brauchst du nicht. Das Mindset hat noch nichts von Emotion, noch nichts von »Ich will das«. Aber weißt du, was du wollen musst?«

»Was?«

»Du musst Texter sein, leben wollen. Du musst dir verinnerlichen, Texter zu sein. Du musst der Slogan werden. Na komm, dann lies halt vor.«

»Mh, fruchtig und rund. Ab in den Mund.
Saftig und lecker. Für alle Geschmäcker.
Schmeckt wie von Oma.«

»Ne. Das ist mir noch…zu sexuell. Das würde ich so in mein Tinder-Profil schreiben. Aber hier geht´s um Genuss, um schöne Momente, um echte Handwerkskunst. Nicht um Sex.«

»Es geht um Pflaumentörtchen.«

»Siehste. Das meine ich. Das sind nicht nur Pflaumentörtchen. Das ist mmhhhh, das ist ohhh, das ist….das ist es.«

»Was?«

»Was sind denn rein technisch gesehen Pflaumentörtchen?«

»Runde Mehrkomponenten-Gebäcke?!«

»Ja, aber bring mehr Tradition rein, mehr Liebe, mach´s persönlicher und gleichzeitig ein bisschen edgy sexy.«

»Unsere traditionellen…«

»Ja…ja…«

»Runden…

»Ja, ja…«

»Pflümli-Mehrkomponenten…«

»Uuund die edgyness….«

»Pflümli-Mehrkomponenten-Snacks?«

»BOOM Slogan.«

»Und, und, wie lief´s?«
»Ich hab den Job.«
»Geil, geil, richtig geil.«
»Du kannst es dir nicht vorstellen. Die sind der Hammer. Die hören dir wirklich zu. Nicht wie andere Agenturen.«
»BOOM Job.«

Wenn ich könnte, würde ich null Sterne geben!

Rezensieren für Fortgeschrittene

#Folge 16 - Wolfgang Petrys Album "Einmal noch 2"

★ ☆ ☆ ☆ ☆

Müll Müll Sondermüll (Tanzbar!)

So wie sich der Hund seinem Erbrochenen zuwendet, wendet sich der Narr seinen Torheiten zu. So auch der Wolfgang, der Petry, der seinem tanzbaren (!) Remix-Album »Einmal Noch« nun einen zweiten Auswurf hinterherschickt. Man könnte darüber philosophieren, ob es überhaupt einen zweiten Teil von »Einmal Noch« geben kann – das ist ja wie »Das letzteste Gefecht« oder »The next final countdown« – aber lassen wir das.«

Ich könnte jetzt ganz platte Witze über Wolfgang Petrys Frisur oder seine Freundschaftsbänder reißen, aber das wäre oberflächlicher Wahnsinn und ich käme in die Hölle, Hölle, Hölle.

Der mit dem Elch

Im Empfangsbereich

»Hallo du. Super schön, dass du heute anfängst. Du bist bestimmt sehr nervös. Würde mir auch so gehen. Du arbeitest ja jetzt mit sehr vielen, sehr erfolgreichen Menschen zusammen. Inklusive mir. Ha ha, war ein Spaß. Ich bin eigentlich sehr zurückhaltend und bescheiden. Da gibt's hier ganz andere. Also bei Andrea, beispielsweise, wäre ich sehr vorsichtig, Süße. Die denkt, nur weil sie so lange da ist und die Branche vielleicht etwas kennt, darf sie alles. Die lächelt dir ins Gesicht und stabbt dich dann ganz à la Cäsar in you´re little back.«

»Du meinst bestimmt à la Brutus, oder? Und es heißt your. Ohne Apostroph!«

»Bitte?«

»Brutus hat Cäsar umgebracht, nicht andersherum. Und you´re benutzt du nur, wenn du you are verkürzen möchtest.«

»So eine bist du also.«

»Was?«

»Eine kleine Besserwisserin. Süß. Was du so alles aus einem Satz raushörst. Und das, obwohl du nur Sekretärin bist. Aber gut, wer sagt, dass Sekretärinnen nicht auch besserwisserisch sein können, weil sie zufällig irgendwo mal was gelesen und es sich gemerkt haben. Ha ha. Ich mag Ladies mit Selbstbewusstsein. Lieber zu viel wie zu wenig.«

»Als...«

»WAS?«

»Als...o vor Andrea soll ich mich hüten. Verstanden. Ähm, zeigst du mir jetzt meinen Arbeitsplatz und alles, was ich so brauche?«

»Wir sind doch schon an deinem Arbeitsplatz, Süße."

»Aber hier ist doch nichts. Nur der dunkle, kalte Gang, in dem dieser winzige Tisch steht. Da bekomme ich meine Beine niemals drunter."

»Eine gute Gelegenheit, Beinspeck zu verlieren. Ha ha. Weißt du, du solltest dankbarer sein. Ich habe mit viel weniger angefangen."

»Stand für dich nur ein Tischbein im Freien oder was?"

»Ha ha, so eine bist du also?"

»Was?"

»Eine ganz Vorlaute. Eine, die schnippisch und witzig daherkommen will und dabei einfach total undankbar rüberkommt. Ha ha. Aber ich sag immer, ich mag Ladies, die sagen, was sie wollen und denken. Die sind mir viel lieber wie die, die immer nur duckmäusern."

»..."

»A pros pros sagen, was man denkt. Bei Jasmin musst du ganz vorsichtig sein. Und....oh oh....nicht hinsehen."

»Wo nicht hinsehen?"

»Das war gerade Rainer. Der ist so super weird. Voll der loner, so'n einsamer Wolf. Der redet mit niemandem und ich habe gehört, dass der mal einen ausgewachsenen Elch mit bloßen Händen getötet hat.«

»...«

»Aber zurück zu Jasmin. Ich hab´ ihr einmal was sehr Privates erzählt und schwupps, am nächsten Tag wusste es die ganze Firma. Ich meine, was man jemandem betrunken auf einer Weihnachtsfeier anvertraut, sollte wirklich respektvoll behandelt werden. Sie bestreitet es ja bis heute. Sagt, ich hätte es angeblich sehr laut gesagt, das es einfach jeder gehört hat. Bitch please. As if."

»Vielleicht warst du ja wirklich laut und sie hat absolut nichts Böses im Sinn gehabt. Und an dieser Stelle wird dass mit doppeltem S geschrieben."

»Ha ha. Da ist es wieder, dieses schnippisch Witzige. Aber jetzt richte dich erst einmal ein. Ich habe gleich ein Meeting. Ohne mich geht hier nämlich kein Meeting los, auch wenn Carola es gerne so hätte. Die denkt, nur weil sie die Nichte des Chefs ist, darf sie echt alles. Die trinkt auch, da bin ich mir sicher. Aber jetzt erst mal…"

»Warte, ich habe doch gar keine Materialien. Was soll ich denn einrichten?"

»Denk dran, ich hab´ mit noch weniger angefangen. Titus kommt gleich und übernimmt für mich. Aber nimm dich in Acht. Der macht wirklich alles an, was nicht bei drei auf dem Dach ist."

»Baum."

»Was?"

»Was bei drei nicht auf dem Baum ist."

»Ne ne, das ist ja sein Ziel. Ha ha. So eine bist du also. Ne ganz Schlimme. Wir müssen unbedingt mal ein Weinchen zusammen trinken."

Im dunklen Gang

»Du bist bestimmt die Neue, wa?«

»Ja, genau. Und du Titus, nehme ich an.«

»Jawollo. Da eilt mir mein Ruf schon wieder voraus.«

»…«

»Was hat Jaqueline denn über mich gesagt? Diese prüde, arrogante Tussi. Denkt, nur weil sie studiert hat, ist sie was Besseres. Aber den Studienplatz hat sie doch damals nur wegen ihres Vaters bekommen. Die ist doch so…uh, uh, uh, nicht hinsehen, nicht hinsehen.«

»Wo nicht hinsehen?«

»Das war gerade Rainer. Das ist so ein eigenartiger Typ. Der soll einen ausgewachsenen Elch in freier Wildbahn mit bloßen Händen gehäutet und geviertteilt hat. Und das alles nur mit einer Badehose bekleidet. Aber womit soll ich dir denn nun helfen?«

»Mir wurde gesagt, dass du mir die Technik einrichtest.«

»Stimmt, stimmt. Hat Jaqueline bestimmt wieder behauptet, ich sei unfähig. Aber ich habe dir das so schnell eingerichtet, so schnell kannst du gar nicht schauen. Aber du kannst mir währenddessen gerne auf den Hintern schauen, wenn du verstehst. Es lohnt sich auf jeden Fall.«

»Wie lange dauert das jetzt, bis alles startklar ist?«

»Ich bin immer startklar *zwinker*!«

»Ok. Ich hole mir in der Zeit mal einen Kaffee.«

»Geht klar, ich wart hier auf dich. Ich denke, dass lohnt sich *zwinker*!«

»Das wird in diesem Fall nur mit einem s geschrieben und ich habe gesehen, dass du gezwinkert hast. Das musst du nicht dazu sagen.«

»Ach, so eine bist du also?«

»Was für eine?«

»Eine, die auf hart macht. Aber ich habe noch alle weich gekriegt *zwinker*!«

In der Kaffeeküche

»Der Kaffeeautomat ist kaputt. Du brauchst es gar nicht erst versuchen. Ich erzähle denen das seit Monaten. Aber auf mich hört ja niemand.«

»Ich bin übrigens die Neue.«

»Du denkst auch direkt, ich sei dumm. Ich kenne dich nicht. Ergo wirst du wohl die Neue sein oder jemand, der sich verlaufen hat und Hilfe braucht. Aber ersteres ist wohl wahrscheinlicher. Das habe ich auch gecheckt. Auch wenn hier jede*r denkt, ich sei komplett bescheuert. Ich bin aber nicht bescheuert….uh, uh, uh, nicht hinsehen. Nicht hinsehen.«

»Wo nicht hinsehen?«

»Das war Rainer. Vor dem solltest du echt Angst haben. Ich habe gehört, der hat eine ganze Elch-Familie in einem Tierpark nur mit einem Buttermesser getötet. Die Butter hatte er natürlich auch dabei, damit er sich das erbeutete Fleisch gleich zart überm Lagerfeuer grillen kann. Ich habe nur Respekt für den Mann.«

»Ok. Dann nehme ich mir eben ein Wasser.«

»Ja. Los, nehm dir dein Wasser und geh. Ich würde auch nicht mit mir sprechen wollen.«

»Das heißt nimm dir dein Wasser. Das ist der Imperativ.«

»Ach, so eine bist du also.«

»Was?«

»EINE, DIE MICH AUCH FÜR BESCHEUERT HÄLT. DANN PASST DU HIER JA HERVORRAGEND REIN. ES REICHT, DASS MEINE FRAU MICH PERMANENT KORRIGIERT.«

In der Abstellkammer

»Du musst die Neue sein!«

»Oh, ich dachte, ich wäre hier alleine.«

»Entschuldige. Ich verstecke mich hier immer mal, um Luft zu holen und dem Irrsinn zu entkommen. Ich bin übrigens Rainer.«

»Hallo Rainer. Darf ich mich kurz zu dir setzen?«

»Klar. Setz dich neben Finn. Da ist es warm.«

»Finn?«

»Mein Elch dort hinten in der Ecke. Dieser ist mir vor ein paar Jahren gefolgt und seitdem kümmere ich mich um ihn. Er ist nicht gerne alleine und deshalb nehme ich ihn mit hier her. Du verrätst uns doch nicht?«

»Nein. Das bleibt unser Geheimnis. Du hast übrigens eine sehr gute Grammatik, Rainer.«

»So eine bist du also!«

SOVIA SZYMULA
fluide
Lyrikband
152 Seiten
ISBN 978-3-949615-01-6
€ 15,00

FLUIDE ist ein:e queerfeministische:r Gedichtbandit:in, geschrieben aus einer explosiven nicht-binären Perspektive. Dieses Buch ist eine offene Lagerhalle voller Feuerwerkskörper und zündet fröhlich eine wackelige Kerze nach der anderen an. Bis der Laden explodiert. FLUIDE kann dich auf eine radikal-vielfältige und politisch-lyrische Reise mitnehmen, wenn du es willst. Diese Gedichte nehmen lautstark den Raum ein, der ihnen längst zusteht, sie sind Typographie, sind Architektur. Man muss sie eigentlich hören, man muss sie aber auch unbedingt sehen - von innen, von außen - von überall. Schon die bloße Zusammenfassung dieser karussellartigen Sprach- und Sinnverdichtungen gerät unweigerlich zur poetischen Grenzerfahrung. Diese Zeilen flexen alles aus dem Weg, was sich sträubt, was festhält an alten Strukturen. Diese Texte sind das Nochnichtflanieren auf erkämpften Wegen und Straßen, sind die bröckelnde Selbstverständlichkeit einer jahrtausendealten männlich-weißen Hegemonie.

MARSHA RICHARZ
nö
Kurzgeschichtenband
180 Seiten
ISBN 978-3-949615-92-4
€ 15,00

Man könnte ganz simpel sagen, dieses Buch sei ein Buch übers Mensch sein. Aber dann wäre das mit der Vermischung des lyrischen Ichs und der Autorin selbst schon wieder ein Problem. Man könnte aber auch sagen, es sei ein Buch voll mit Geschichten über das Leben. Wenn es davon nur nicht schon so viele gäbe und es nicht so abgedroschen klingen würde. Man könnte auch behaupten, es sei ein Buch voll mit Geschichten aus dem Alltag, mit Beobachtungen über unsere Gesellschaft, aber auch davon handeln schon so viele Erzählungen. Vielleicht ist dieses Buch nur ein subjektiver Blick aufs Geschehen, auf einzelne Elemente.

Mehr Informationen erhalten Sie unter www.brimborium-verlag.de oder in Ihrer Buchhandlung.